HERODOT

Die Bücher der Geschichte
VII-IX

(AUSWAHL)

ÜBERTRAGUNG, EINLEITUNG
UND ANMERKUNGEN VON
WALTHER SONTHEIMER

PHILIPP RECLAM JUN. STUTTGART

Originaltitel: ΙΣΤΟΡΙΗΣ ΑΠΟΔΕΞΙΣ

Universal-Bibliothek Nr. 2206[2]

Gesamtherstellung: Reclam, Ditzingen. Printed in Germany 1983
ISBN 3-15-002206-1

SIEBENTES BUCH

Erneute Rüstungen des Dareios gegen Hellas

(1) Als die Nachricht von der Schlacht bei Marathon bei dem König Dareios, dem Sohn des Hystaspes, eintraf, da wurde er, der schon vorher einen schweren Groll gegen die Athener wegen ihres Einfalls in die Satrapie Sardes hegte[1], noch viel mehr erbittert, und um so fester stand sein Entschluß, gegen Hellas zu Felde zu ziehen. Sofort ließ er durch Boten, die er in die einzelnen Städte schickte, die Bereitstellung eines Heeres anordnen, wobei er von jeder Stadt gegenüber dem früheren Aufgebot viel mehr an Schiffen, Pferden und Verpflegung forderte. Da war nun Asien, während diese Boten umherzogen, drei Jahre lang in Bewegung, wobei die Tüchtigsten ausgehoben und ausgerüstet wurden, um gegen Hellas zu Felde zu ziehen. Im vierten Jahr jedoch fielen die Ägypter, die von Kambyses unterworfen worden waren, von den Persern ab. Da war der König nur noch fester entschlossen, sogar gegen beide zu Felde zu ziehen.

(2) Als sich aber Dareios gegen Ägypten und auch gegen Athen in Bewegung setzte, erhob sich unter seinen Söhnen ein schwerer Zwist um die Übernahme der Regierungsgewalt, weil der Großkönig, bevor er einen Feldzug antritt, einen stellvertretenden König ernennen muß. Es hatte ja dem Dareios, ehe er auf den Thron kam, seine erste Frau, die Tochter des Gobryas, drei Söhne geschenkt, und sodann, als er König geworden war, Atossa, die Tochter des Kyros, vier weitere. Unter den vorher geborenen Söhnen war Artobazanes der älteste, unter den später geborenen Xerxes. Da sie nicht von der gleichen Mutter abstammten, lebten sie in Unfrieden. Artobazanes vertrat den Standpunkt, daß er als der älteste der gesamten Nachkommen entsprechend den in aller Welt üblichen Gebräuchen auch den Thron beanspruchen könne. Xerxes stützte sich darauf,

daß er der Sohn der Atossa, der Tochter des Kyros, sei und Kyros es sei, der den Persern die Freiheit gewonnen habe.

(3) Dareios hielt noch mit seiner Entscheidung zurück. Da traf es sich, daß um dieselbe Zeit Demaratos, der Sohn des Ariston[2], sich nach Susa hinauf begab. Seines königlichen Amtes in Sparta enthoben, hatte er die freiwillige Verbannung aus Lakedaimon auf sich genommen. Als dieser Mann von dem Zwist unter den Söhnen des Dareios erfuhr, ging er, wie man sich von ihm erzählt, zu Xerxes und riet ihm, er solle doch zu seinen sonstigen Begründungen für seine Ansprüche die eine hinzufügen, daß er dem Dareios bereits geboren worden sei, als dieser auf dem Thron saß und die Herrschermacht über die Perser innehatte, während die Geburt des Artobazanes in eine Zeit falle, da Dareios noch ein einfacher Bürger war. Es sei also nicht in der Ordnung und auch nicht gerecht, wenn ein anderer die Herrscherwürde innehabe und ihm vorgezogen werde. Auch in Sparta herrsche ja — dies erklärte Demaratos bei seinem Rat — der Brauch, wenn die einen Söhne vor der Thronbesteigung des Vaters geboren seien, ein Nachkömmling aber nach der Thronbesteigung, so falle dem Nachgeborenen die Thronfolge zu. Xerxes befolgte den Rat des Demaratos, und als Dareios erkannte, daß seine Darlegungen berechtigt seien, ernannte er ihn zum König. Allerdings wäre, wie mir scheint, Xerxes auch ohne diesen Rat König geworden.

(4) Als Dareios den Xerxes zum König ernannt hatte, war er ganz darauf aus, den Feldzug durchzuführen. Aber da geschah es, daß in dem Jahr, das dieser Ernennung und dem Abfall Ägyptens folgte, Dareios mitten in seinen Vorbereitungen zu dem Feldzug starb. Er hatte im ganzen sechsunddreißig Jahre regiert, wobei es ihm nicht vergönnt gewesen war, sich an den Ägyptern für ihren Abfall und an den Athenern zu rächen. Nach dem Tode des Dareios ging die Herrschaft auf dessen Sohn Xerxes über.

(5) Xerxes war freilich anfangs keineswegs entschlossen,

gegen Hellas zu Felde zu ziehen. Nur gegen Ägypten ließ er ein Heer zusammenziehen. Es befand sich aber bei ihm Mardonios, der Sohn des Gobryas, ein Vetter des Xerxes und Schwestersohn des Dareios[3]. Dieser übte auf Xerxes den größten Einfluß unter den Persern aus und pflegte an ihn folgende Worte zu richten: „Herr! Es ist nicht in der Ordnung, daß die Athener, die den Persern schon so viel Leid angetan haben, für ihre Taten nicht bestraft werden. Aber wohlan, wie wäre es denn, wenn du erst einmal das durchführen würdest, womit du eben beschäftigt bist? Hast du erst das übermütige Ägypten gezähmt, dann ziehe gegen Athen, damit deine Tüchtigkeit in aller Leute Munde ist und man sich später hüten wird, gegen dein Land zu Felde zu ziehen!" Mit diesen Worten forderte er zur Rache auf, bemerkte aber noch dazu, Europa sei ein besonders schönes Land, in dem fruchttragende Bäume mannigfacher Art wachsen, das hervorragenden Boden besitze und dessen Besitz allein von allen Sterblichen dem Großkönig anstehe.

(6) Dies sagte er nur, weil er mit Umsturzplänen umging und selbst Satrap von Hellas sein wollte. Es dauerte nicht lange, da hatte er sich bei Xerxes durchgesetzt und ihn bestimmt, seine Ratschläge durchzuführen. Es trugen noch andere günstige Umstände dazu bei, daß Xerxes sich bereden ließ. Einmal kamen aus Thessalien von den Aleuaden[4] Sendboten an und riefen den Großkönig gegen Hellas zu Hilfe, wobei sie ihm ihre volle Ergebenheit zum Ausdruck brachten (diese Aleuaden bildeten das Herrschergeschlecht in Thessalien), sodann kamen auch diejenigen von den Peisistratiden mit einem Hilferuf, die nach Susa hinaufgezogen waren[5]. Diese brachten die gleichen Gründe vor wie die Aleuaden, nur setzten sie ihm mit ihren Bitten dadurch noch mehr zu, daß sie den Athener Onomakritos, einen Orakeldeuter, der auch die Sprüche des Musaios[6] geordnet hatte, bei sich hatten. Sie hatten die bestehende Feindschaft beseitigt, noch ehe sie die Reise nach Susa an-

getreten hatten. Onomakritos, der Sohn des Peisistratos, war nämlich aus Athen vertrieben worden, weil er von Lasos von Hermione[7] auf frischer Tat ertappt wurde, wie er den Sehersprüchen des Musaios eine Weissagung unterschob, dahingehend, daß die bei Lemnos liegenden Inseln[8] im Meer verschwinden würden. Deshalb hatte ihn Hippias vertrieben, obwohl er ihm vordem sehr nahe gestanden war. Jetzt aber war er mit ihm zusammen hinaufgereist, und sooft er dem Großkönig vor Augen trat, wobei die Peisistratiden über ihn viel Verehrungswürdiges sagten, trug er einen seiner Sehersprüche vor. War nun etwas in diesen enthalten, das für die Barbaren Unheil bedeutete, sagte er davon kein Wort, sondern las das aus, was am meisten Glück verhieß, verkündigte, es sei vom Schicksal bestimmt, daß der Hellespont von einem persischen Mann überbrückt werde, und zeigte zugleich Mittel und Wege auf, wie das Unternehmen ins Werk gesetzt werden sollte. Dieser also bearbeitete ihn mit seinen Weissagungen und mit ihm die Peisistratiden und Aleuaden, die ihm ihre Vorschläge darlegten.

Unterwerfung Ägyptens. Xerxes berät sich mit Mardonios und Artabanos

(7) Als Xerxes zu dem Feldzug überredet worden war, unternahm er im zweiten Jahr nach dem Tode des Dareios zunächst einen Feldzug gegen die Ägypter, die abgefallen waren. Er unterwarf sie, legte ganz Ägypten eine noch viel drückendere Knechtschaft auf, als sie unter Dareios bestanden hatte, und stellte es unter die Verwaltung seines Bruders Achaimenes, eines Sohnes des Dareios. Den Achaimenes nun ermordete während seiner Statthalterschaft über Ägypten einige Zeit später Inaros, der Sohn des Psammetichos, der aus Libyen stammte[9].

(8) Als Xerxes nach der Eroberung von Ägypten den

Feldzug gegen Athen zur Ausführung bringen wollte, berief er eine auserlesene Versammlung der persischen Fürsten ein, um ihre Ansichten zu erfahren und selbst vor ihnen allen seinen Willen kundzutun. Als sie sich versammelt hatten, hielt er folgende Ansprache[10]: „Persische Männer! Ich für meine Person will diesen Brauch nicht bei euch einführen, vielmehr will ich mich nach ihm richten, weil ich ihn überkommen habe. Denn wie ich von den Älteren erfahre, haben wir noch nie müßig die Hände in den Schoß gelegt, seitdem wir nach der Beseitigung des Astyages durch Kyros die Regierungsgewalt hier übernommen haben. Aber eine Gottheit fügt es so, daß uns unsere vielfachen Unternehmungen zum besten ausschlagen. Welche Völkerschaften nun Kyros und Kambyses und mein Vater Dareios unterworfen und zu unserem Reich hinzuerworben haben, braucht man euch wohl nicht zu sagen. Das wißt ihr genau. Seit ich aber den Thron bestiegen habe, sann ich darüber nach, wie ich hinter meinen Vorgängern in dieser meiner Herrscherwürde nicht zurückstehe und einen nicht geringeren Machtzuwachs den Persern verschaffe. Und bei diesem Nachsinnen kommt es mir zum Bewußtsein, daß uns Ruhm zuwachsen wird und ein Land, das nicht kleiner ist als das, das wir heute besitzen, und auch nicht schlechter, sondern fruchtbarer, und zugleich, daß wir Rache und Vergeltung üben können. Daher habe ich euch jetzt zusammenberufen, um euch nahezulegen, was ich für Unternehmungen im Sinne habe.

Ich will den Hellespont überbrücken und ein Heer nach Europa gegen Hellas führen, um mich an den Athenern zu rächen für all das, was sie den Persern und meinem Vater angetan haben. Ihr sahet ja, wie auch Dareios sich vornahm, gegen diese Männer zu Felde zu ziehen. Aber er ist tot, und es war ihm nicht vergönnt, Rache zu nehmen. Ich aber werde für ihn und für die anderen Perser nicht eher von der Vergeltung abstehen, bis ich Athen erobert und niedergebrannt habe. Dieses hat ja mit dem Unrecht gegen mich und meinen Vater den Anfang gemacht. Zuerst sind sie mit dem Milesier Aristagoras, unserem Untertan, nach Sardes gezogen und haben, dort angekommen, die Haine und die Heiligtümer[11] niedergebrannt, sodann, als Datis und Artaphernes Feldherren waren, sind wir ja in ihr eigenes Land mit unseren Schiffen gefahren, und was sie uns dort angetan haben, das wißt ihr wohl alle[12].

Darum fürwahr habe ich mich zu einem Feldzug gegen sie vorbereitet, und bei näherer Überlegung stellt es sich mir heraus, daß mit dieser Unternehmung folgender beträchtlicher Vorteil verbunden ist. Wenn wir sie und ihre Nachbarn, die das Land des Phrygers Pelops[13] bewohnen, unterwerfen, werden wir es erreichen, daß das persische Reich an den Himmelsraum[14] des Zeus grenzt. Es wird ja dann die Sonne über keinem Land aufgehen, das an das unsrige grenzt, vielmehr werde ich sie alle für euch zu einem einzigen Land zusammenfügen, wenn ich durch ganz Europa gezogen bin. Denn, wie ich erfahre, ist die Lage so: es bleibt keine Stadt mit ihren Männern und kein Volk auf der Welt übrig, das imstande wäre, sich mit uns im Kampfe zu messen, wenn die, von denen ich gesprochen habe, beseitigt sind. So wird der eine Teil das Joch der Knechtschaft tragen, weil er sich uns gegenüber schuldig gemacht hat, der andere muß es eben unschuldig tragen.

Ihr aber dürftet mir zu Gefallen handeln, wenn ihr folgendes tut: Sobald ich euch den Zeitpunkt angegeben habe, zu dem ihr kommen sollt, wird auch jeder von euch bereitwillig zur Stelle sein müssen. Wer aber mit einem aufs beste ausgerüsteten Heer kommt, dem werde ich Geschenke geben, wie sie in unserem Lande als wertvollste gelten. So muß also nun gehandelt werden. Damit ihr aber nicht glaubt, ich trage mich mit eigennützigen Plänen, lege ich die Angelegenheit zur Beratung vor und fordere jeden von euch, der will, auf, seine Meinung offen kundzutun."

(9) Nach ihm ergriff Mardonios das Wort: „Herrscher! Du bist der tüchtigste aller Perser, nicht nur von denen, die bisher lebten, sondern auch von den kommenden. Mit deinen Worten hast du das Beste und Wahrste getroffen, und du wirst nicht zulassen, daß die in Europa wohnenden Ioner uns verlachen, da sie dazu keine Berechtigung haben. Es wäre ja auch eine unerträgliche Sache, wenn wir Saker[15] und Inder und Aithioper und Assyrer und noch viele andere große Völkerschaften, ohne daß sie den Persern irgend ein Unrecht zugefügt haben, lediglich in dem Wunsche, unseren Machtbereich zu erweitern, unterworfen und zu Knechten gemacht haben, uns aber an den Hellenen, die mit dem Unrecht begonnen haben, nicht rächen wollten. Was haben wir denn dabei zu befürchten? Welches Massenaufgebot? Welche mächtigen Geldmittel?

Wir kennen doch ihre Kampfesweise, und wir wissen, daß ihre Macht nur schwach ist. Ihre Söhne haben wir unterworfen, diejenigen, die in unserem Land wohnen und Ioner, Aioler und Dorier genannt werden. Ich habe es selbst schon einmal unternommen, gegen diese Männer zu Felde zu ziehen, und zwar auf Aufforderung deines Vaters. Da zog ich bis Makedonien und war beinahe bis nach Athen selbst gekommen, ohne daß mir jemand zur Schlacht entgegentrat.

Und doch pflegen die Hellenen, wie ich höre, ganz planlos Kriege zu beginnen in ihrem Unverstand und ihrer Torheit. Wenn sie nämlich einander Krieg angesagt haben, dann suchen sie sich die schönste und ebenste Gegend heraus und ziehen dorthin zur Schlacht, was zur Folge hat, daß auch die Sieger nur mit schwerem Schaden davonkommen. Von denen, die unterliegen, will ich schon von vornherein nicht reden. Sie fallen ja offenbar ganz der Vernichtung anheim. Diese Leute sollten doch, da sie ja die gleiche Sprache reden, durch Herolde miteinander verhandeln und durch Sendboten ihre Zwistigkeiten beilegen und auf jede andere Weise eher als durch Schlachten. Wenn sie aber durchaus miteinander Krieg führen müßten, dann sollte jede Partei den Punkt ausfindig machen, an dem sie am schwersten zu fassen ist, und dort sich im Kampfe messen. Die Hellenen haben also ein untaugliches Verfahren angewandt, als sie bei meinem Kriegszug, der bis nach Makedonien ging, nicht auf den Gedanken kamen, dort sich zur Schlacht zu stellen.

Wer aber, Großkönig, wollte gegen dich Krieg führen und sich dir entgegenstellen, wenn du die Menschenmasse aus Asien und alle Schiffe heranführst? Meine Meinung geht dahin, daß sich die Hellenen in ihren Unternehmungen nicht zu solcher Keckheit versteigen. Sollte ich aber mich in meiner Ansicht irren und die Hellenen in unbesonnenem Übermut sich uns zur Schlacht stellen, dann dürften sie erfahren, daß wir im Kriegswesen die Tüchtigsten auf der ganzen Welt sind. Es soll aber nichts unversucht bleiben. Von selbst geschieht ja nichts, vielmehr steht in der Regel vor jedem menschlichen Erfolg der Versuch."

(10) Als Mardonios soviel gesagt hatte, um der Ansicht des Xerxes leichter Eingang zu verschaffen, hielt er inne. Da aber die übrigen Perser schwiegen und es nicht wagten, eine der geäußerten entgegengesetzte Meinung kundzutun, sagte Artabanos, der Sohn des Hystaspes und Onkel des Xerxes — auf diese Verwandtschaft stützte er sich ja auch —, folgendes: „Großkönig! Wenn keine einander widersprechenden Meinungen geäußert werden, ist es nicht möglich, die bessere auszuwählen und sich für sie zu entscheiden, sondern man kann nur die vorgebrachte sich aneignen. Möglich ist eine Wahl, wenn mehrere vorgebracht werden, so wie wir das unvermischte Gold für sich allein nicht erkennen, aber wenn wir es an anderem Gold reiben, das bessere Gold erkennen. Ich habe auch deinem Vater Dareios, meinem Bruder, geraten, nicht gegen die Skythen, gegen Männer, die nirgends auf der Erde eine Stadt bewohnen, zu Felde zu ziehen. Er aber hoffte, das Wandervolk der Skythen zu

unterwerfen, und gehorchten mir nicht, sondern unternahm den Feldzug und mußte nach dem Verlust von vielen wakkeren Männern wieder abziehen. Du aber, Großkönig, willst gegen Männer zu Felde ziehen, die viel tüchtiger sind als die Skythen und von denen man sagt, daß sie zur See und auch auf dem Lande die Tüchtigsten sind. Was in diesen Verhältnissen für Gefahren liegen, das dir zu sagen, bin ich verpflichtet.

Du gibst an, du würdest den Hellespont überbrücken und ein Heer durch Europa nach Hellas führen. Und nun fürwahr, es kann ja der Fall eintreten, daß du zu Lande oder zu Wasser eine Niederlage erleidest, oder auch beiderseitig. Es sollen ja kriegerische Männer sein, was man auch daran ermessen kann, daß ein so großes Heer, das unter Datis und Artaphernes in das attische Land zog, die Athener allein vernichtet haben. Mögen sie nun nicht in beiden Fällen Glück haben! Aber wenn sie mit ihren Schiffen über uns herfallen, in einer Seeschlacht siegen, zum Hellespont fahren und dort die Brücken abbrechen, darin liegt ja für uns, Großkönig, die große Gefahr.

Wenn ich für meine Person diese Ansicht vortrage, so beruht sie keineswegs auf eigener Weisheit, sondern auf der Tatsache, wie wenig einst gefehlt hätte und das Unglück hätte uns ereilt, damals als dein Vater den thrakischen Bosporos[16] überbrückt und auch eine Brücke über den Istros geschlagen hatte, um über sie gegen die Skythen zu ziehen. Damals haben die Skythen mit allen möglichen Bitten die Ioner veranlassen wollen, die Brücke abzubrechen. Ihnen war ja die Bewachung der Brücken über den Istros übertragen. Und wäre damals Histiaios, der Tyrann von Milet, der Ansicht der übrigen Tyrannen beigetreten und hätte sich nicht widersetzt, dann wäre es um die Persermacht geschehen gewesen. Und es ist doch schrecklich, es auch nur ausgesprochen zu hören, daß von einem einzigen Manne die ganze Macht des Großkönigs abhing.

Lehne es daher ab, dich, ohne daß eine Zwangslage vorliegt, in eine solch gefährliche Lage zu versetzen, vielmehr gehorche mir! Löse jetzt diese Versammlung auf und verkündige wiederum, wann du es für richtig hältst, nach reiflicher eigener Überlegung, was dir am besten zu sein scheint! Denn sich gut zu beraten, das ist, wie ich finde, der größte Gewinn. Will sich auch irgendein Hindernis in den Weg stellen, so ist ungeachtet dessen der Entschluß gut gewesen. Dieser hat sich lediglich dem Schicksal unterordnen müssen. Wer aber einen untauglichen Entschluß gefaßt hat, hat, falls ihm das Glück hold ist, zwar einen Glücksfund getan, nichtsdestoweniger ist aber sein Entschluß schlecht gewesen.

Du siehst die hervorragenden Geschöpfe, die Gott mit seinem Blitzstrahl trifft und nicht duldet, daß sie sich prahlerisch zur Schau stellen, daß aber die kleinen Geschöpfe ihn gar nicht berühren; du siehst, wie er immer die größten Gebäude und die höchsten Bäume mit seinen Geschossen trifft. Die Gottheit liebt es ja, alles Hervorragende zu verstümmeln. So wird ja auch ein starkes Heer von einem schwachen dadurch vernichtet, daß ihm die Gottheit in ihrem Neide Schrecken einflößt oder zu Blitz und Donner greift, wodurch es dann in einer unwürdigen Weise zugrunde geht. Denn die Gottheit duldet nicht, daß außer ihr irgend jemand hochmütig ist.

Übereiltes Handeln erzeugt in jedem Falle Fehlgriffe, aber das Ansichhalten birgt in sich Gutes, wenn dies auch im Augenblick nicht so aussieht. Aber mit der Zeit dürfte man es schon herausfinden.

Dir also rate ich dies, Großkönig! Du aber, Mardonios, Sohn des Gobryas, höre auf mit deinen törichten Redensarten über die Hellenen, die es nicht verdienen, in schlechtem Rufe zu stehen! Damit, daß du die Hellenen verleumdest, verführst du den Großkönig dazu, selbst den Feldzug zu unternehmen. Und eben dafür scheinst du mir dich mit allem Eifer einzusetzen. Möge es nie dazu kommen! Denn üble Nachrede ist eine abscheuliche Angelegenheit: zwei sind es dabei, die Unrecht tun, und einer, der Unrecht leidet. Der Verleumder tut Unrecht, indem er einen Abwesenden beschuldigt, und der andere tut Unrecht, indem er sich beschwatzen läßt, noch ehe er selbst genaue Feststellungen getroffen hat, der Dritte aber, der bei dem Gespräch nicht anwesend ist, erleidet dabei insofern Unrecht, als er von dem einen verleumdet und von dem anderen für einen schlechten Menschen angesehen worden ist.

Aber wenn es denn durchaus nicht anders sein kann, als daß man gegen diese Männer zu Felde zieht, wohlan, so soll der Großkönig für seine Person im persischen Heimatland bleiben! Wir beide aber geben unsere Kinder zum Pfand. Du selbst ziehe zu Felde, nachdem du die Männer dir ausgewählt hast, die du mitnehmen willst, und mit einem Heer, das so groß ist, wie es dir beliebt. Und wenn die Unternehmung für den Großkönig so ausgeht, wie du behauptest, sollen meine Söhne getötet werden und ich mit ihnen. Wenn es aber so geht, wie ich voraussage, soll dies deinen Söhnen widerfahren und dir, wenn du zurückgekehrt bist. Wenn du dich aber diesen Abmachungen nicht unterziehen und durchaus ein Heer gegen Hellas führen willst, so wird mancher von denen, die hier zurückbleiben, wie ich behaupte, hören, daß Mardonios ein großes Unglück über die Perser gebracht hat und von Hunden und Vögeln irgendwo im Lande der Athener oder in dem der Lakedaimonier, wenn nicht schon vorher unterwegs, zerrissen wurde[16], und du erkennen mußtest, was dies für Männer sind, gegen die zu Felde zu ziehen du den Großkönig zu bereden suchst."

(11) Dies sagte Artabanos. Xerxes aber geriet in Wut und gab folgende Antwort: „Artabanos! Du bist der Bruder meines Vaters. Dies wird dich davor schützen, den verdienten Lohn für deine törichten Worte zu finden. Und

wahrlich, dies ist die Schmach, die ich dir als einem schlechten und feigen Menschen auferlege: Du sollst nicht mit mir gegen Hellas ziehen, sondern hier bleiben mit deinen Weibern. Ich werde auch ohne dich alles, wovon ich gesprochen habe, ausführen. Ich will nicht sein der Sohn des Dareios, des Sohnes des Hystaspes, des Sohnes des Arsames, des Sohnes des Ariaramnes, des Sohnes des Teispes, des Sohnes des Kyros, des Sohnes des Kambyses, des Sohnes des Teispes, des Sohnes des Achaimenes, wenn ich mich nicht an den Athenern räche. Denn ich bin mir wohl bewußt, wenn wir Ruhe halten, werden jene es noch lange nicht tun und erst recht gegen unser Land zu Felde ziehen, soweit man dies aus ihren bisherigen Handlungen schließen darf. Sie haben ja Sardes niedergebrannt und sind nach Asien gezogen. Es liegt daher für beide Parteien keine Möglichkeit vor, wieder zurückzuweichen, vielmehr ist die Entscheidung zwischen Handeln oder Dulden gestellt, damit entweder alles hier in die Hände der Hellenen oder alles dort in die Hände der Perser fällt. In der Austragung von Feindschaft gibt es keinen Mittelweg. Es ist daher in der Ordnung, wenn wir, die wir zuerst Unrecht erlitten haben, uns rächen, damit ich auch die Gefahr, die ja über mich kommen soll, wirklich kennenlerne, wenn ich gegen solche Männer zu Felde ziehe, die auch der Phryger Pelops, der ein Knecht meines Vaters war, so gründlich unterwarf, daß noch bis heute die Menschen selbst und ihr Land nach denen genannt werden, von denen sie unterworfen wurden."

(12–18) Träume des Xerxes. Nach längerer Überlegung entscheidet er sich für den Feldzug.

(19) Als sich Xerxes zu dem Feldzug entschlossen hatte, erschien ihm im Schlaf ein drittes Gesicht. Die Mager, die davon hörten, legten es dahin aus, daß es sich auf die ganze Erde beziehe und daß dem Xerxes die gesamte Menschheit untertan sein werde. Das Gesicht war folgendes: Es kam dem Xerxes so vor, als ob er mit dem Schößling eines Öl-

baums bekränzt sei und von dem Ölbaum die Zweige über die ganze Erde reichten. Hernach sei der Kranz, der um seinen Kopf gelegt war, verschwunden. So legten die Mager den Traum aus, und jeder der versammelten Perser begab sich unverzüglich in seine Satrapie und bot allen Eifer auf im Hinblick auf das, was ihnen gesagt war. Es wollte ja jeder für sich die in Aussicht gestellten Geschenke erhalten. Und so bringt Xerxes sein Heeresaufgebot zusammen und durchforscht jeden Winkel auf dem Festland.

(20) Vier volle Jahre, von der Unterwerfung Ägyptens an gerechnet, verwendete er darauf, sein Heer mit allem Zubehör in Bereitschaft zu stellen. Im Laufe des fünften zog er mit einer gewaltigen Streitmacht aus. Es war von allen Heeren, von denen wir Kunde haben, das weitaus größte. Das Heer des Dareios, das dieser gegen die Skythen führte, erschien vergleichsweise bedeutungslos, und auch das skythische, damals als die Skythen auf der Verfolgung der Kimmerier in das medische Land einfielen, beinahe das ganze obere Asien unterwarfen und es in Besitz nahmen[18], wofür später Dareios seinen Rachefeldzug unternahm[19]. Das gleiche gilt von dem in den Sagen überlieferten Kriegszug der Atriden nach Ilion und von dem der Myser und Teukrer, der vor dem troischen Kriege stattfand, und wobei diese am Bosporus nach Europa hinübergingen, alle Thraker unterwarfen, zum Ionischen Meer hinunterkamen und bis zum Peneios im Süden zogen[20].

(21) Alle diese Kriegszüge und auch andere, die zu diesen hinzukommen, reichen an diesen einen nicht heran. Welches Volk gibt es, das Xerxes nicht aus Asien gegen Hellas geführt hätte? Welches Trinkwasser hätte für ihn, abgesehen von den großen Flüssen, ausgereicht? Die einen stellten Schiffe, die anderen waren mit der Aufstellung der Landstreitkräfte beauftragt, wieder andere stellten die Reiterei, andere Transportschiffe für die Pferde, wobei sie selbst mit zu Felde ziehen mußten, andere stellten lange

Schiffe für den Brückenbau zur Verfügung, wieder andere Lebensmittel und Schiffe dazu.

(22) Und weil die, die als erste um den Athos herumzufahren suchten, gescheitert waren, wurden ungefähr seit drei Jahren die Vorbereitungen für den Athos[21] getroffen. Bei Elaius[22] auf der Chersones ankerten Trieren; von dem dortigen Ankerplatz aus war unter Geißelhieben eine buntgemischte Mannschaft des Heeres mit den Grabarbeiten beschäftigt, wobei die einzelnen Schichten sich ablösten. An diesen Grabarbeiten beteiligten sich auch die Anwohner des Athos. Bubares, der Sohn des Megabazos[23], und Artachaies, der Sohn des Artaios, zwei Perser, leiteten das Werk. Der Athos ist ein großes, namhaftes Gebirge, das sich bis zum Meer erstreckt und in dem sich menschliche Siedlungen befinden. Wo das Gebirge nach dem Festland zu endigt, befindet sich eine Art Halbinsel und eine Landenge von etwa zwölf Stadien Breite. Sie bildet eine Ebene mit unerheblichen Hügeln, die sich von dem akanthischen Meer[24] bis zu dem gegenüberliegenden von Torone[25] hinziehen. Auf dieser Landenge, in die der Athos endigt, liegt die hellenische Stadt Sane[26]. Die landeinwärts von Sane auf der Innenseite des Athos liegenden Städte, die damals der Perser aus Festlandstädten zu Inselstädten zu machen sich anschickte, sind folgende: Dios, Olophyxos, Akrothoon, Thyssos und Kleonai. Dies sind die Städte, die in dem Bereich des Athos liegen.

(23) Die Aushebung des Kanals vollzog sich folgendermaßen: Die Barbaren teilten den einzelnen Volksstämmen bestimmte Abschnitte zu. Im Gebiet der Stadt Sane zogen sie eine schnurgerade Linie. Als der Kanalbau in die Tiefe ging, gruben die einen, ganz unten stehend, während andere den jeweils ausgegrabenen Schutt an die weiterreichten, die über ihnen auf Stufen standen. Diese übernahmen ihn und reichten ihn wieder anderen weiter und so fort, bis sie zu den zuoberst Stehenden kamen. Diese schafften den Schutt weg

und warfen ihn beiseite. Allen übrigen nun außer den Phoinikern machten die wieder einstürzenden Steilwände des Kanals doppelte Arbeit. Da sie nämlich für die obere Kanallinie die gleichen Maße ansetzten wie für die untere, mußte es sich für sie auf solche Weise auswirken. Die Phoiniker bewiesen aber besonders hier die von ihnen auch bei ihren sonstigen Werken bewiesene Findigkeit. Als sie die ihnen zugefallene Strecke zugewiesen erhielten, führten sie die Grabarbeiten so durch, daß sie die obere Kanallinie doppelt so breit machten, als der eigentliche Kanal werden sollte. Mit dem Fortschreiten der Arbeit verengten sie den Kanal nach unten immer mehr, und als nun die Kanaltiefe erreicht wurde, da hatte das Werk unten die gleichen Maße, wie sie von den anderen eingehalten worden waren. In der Gegend befand sich eine Wiese, wo sie ihre Versammlungen abhielten und wo sie ihren Warenverkaufsplatz hatten. Mehl wurde ihnen in reichlicher Menge aus Asien zugeführt.

(24) Wie ich bei näherer Überlegung feststelle, war Prahlsucht des Xerxes der Beweggrund zu dem Befehl, den Kanal auszuheben. Er wollte seine Macht zeigen und sich selbst ein bleibendes Denkmal setzen. Denn obgleich es möglich war, die Schiffe ohne jede Schwierigkeit über die Landenge zu ziehen[27], befahl er, für das Meer einen Kanal zu graben, der so breit war, daß zwei Trieren gleichzeitig hindurchgerudert werden konnten. Die gleichen Mannschaften, denen dieser Kanalbau aufgetragen war, mußten auch über den Strymon eine Brücke schlagen.

(25) Dies machte er so. Er ließ aber auch für den Brückenbau Seile aus Byblos[28] und Spartgras[29] beschaffen, wozu er den Auftrag den Phoinikern und Ägyptern erteilte, die auch die Bevorratung mit Verpflegung für das Heer zu besorgen hatten, damit dieses nicht Hunger leide und auch nicht die nach Hellas mitziehenden Lasttiere. Er ließ die Gegenden erkunden und befahl, an den geeignetsten Punkten Stapelplätze anzulegen und überallhin die Vorräte auf Lastschiffen

und Transportkähnen aus allen Gegenden Asiens heranzuführen. Den Hauptteil brachte man nach der sogenannten „Weißen Küste" in Thrakien; der Rest war teils für Tyrodiza im Gebiet der Perinthier, teils für Doriskos, teils für Eion am Strymon[30] oder für Makedonien bestimmt.

Der Aufbruch des persischen Heeres

(26) Während diese von der ihnen auferlegten Arbeit in Anspruch genommen waren, hatte sich die gesamte Landmacht versammelt, war von Kritalla[31] in Makedonien aufgebrochen und befand sich auf dem Marsch nach Sardes. Denn Sardes war als Sammelpunkt für das gesamte Heer bestimmt, das auf dem Festland unter der persönlichen Führung von Xerxes ziehen sollte. Wer nun von den Satrapen das aufs beste ausgerüstete Heer geführt und die von dem Großkönig ausgesetzten Geschenke erhalten hat, vermag ich nicht zu sagen. Ich weiß ja nicht, ob es in dieser Frage überhaupt zu einer Entscheidung gekommen ist. Als sie nach Überschreitung des Halysflusses Phrygien erreicht hatten, gelangten sie beim Durchmarsch durch Phrygien nach Kelainai[32], wo die Quellen des Maiandros-Flusses entspringen und auch die eines nicht kleineren Flusses als des Maiandros, dessen Name „Katarraktes"[33] ist. Dieser entspringt mitten auf dem Marktplatz von Kelainai und fließt in den Maiandros. Dort ist auch der Schlauch des Silenen Marsyas aufgehängt, von dem bei den Phrygern die Sage geht, Apollo habe ihm die Haut abgezogen und diese dann aufgehängt[34].

(27) In dieser Stadt hielt sich damals der Lyder Pythios, der Sohn des Atys[35], auf. Dieser bewirtete das ganze Heer des Großkönigs und Xerxes selbst auf das reichlichste und machte das Angebot, ihm Geld für den Krieg zur Verfügung zu stellen. Angesichts dieses Geldangebotes fragte Xerxes die anwesenden Perser, was denn Pythios für ein Mann sei

und wieviel Geld er besitze, daß er ihm ein solches Angebot mache. Diese sagten: „Großkönig! Das ist der Mann, der doch deinen Vater Dareios mit der goldenen Platane und dem goldenen Weinstock[36] beschenkt hat. Er ist auch jetzt noch von allen Menschen, die wir kennen, nach dir der reichste."

(28) Über diese letzten Worte wunderte sich Xerxes und wandte sich mit seiner erneuten Frage unmittelbar an Pythios, wie viel Geld er denn besitze. Dieser antwortete: „Großkönig! Ich will vor dir nichts verbergen und will auch nicht vorschützen, daß ich über mein eigenes Vermögen nicht Bescheid wisse. Ich will es dir nach bestem Wissen genau aufrechnen. Denn sobald ich erfahren habe, daß du zum hellenischen Meer hinunterziehst, stellte ich, da ich dir für den Krieg Geld geben wollte, genaue Untersuchungen an, und bei der Berechnung ergab sich mir, daß ich zweitausend Talente Silber und vierhundert mal zehntausend weniger siebentausend Dareikos-Stateren besitze. Und dies alles schenke ich dir. Ich selbst kann ja von meinen Sklaven und von meinen Grundstücken ausreichend meinen Lebensunterhalt bestreiten." Dies sagte er.

(29) Xerxes aber erwiderte, erfreut über das Gesagte: „Lydischer Freund! Seitdem ich das persische Land verließ, bin ich bis heute noch mit keinem persischen Mann zusammengetroffen, der gewillt gewesen wäre, mein Heer gastlich zu bewirten, auch mit keinem, der gewillt gewesen wäre, mir vor Augen zu treten und unaufgefordert mir Geld für den Krieg beizusteuern, außer dir. Du aber hast mein Heer großartig bewirtet und bietest mir große Geldsummen an. Dies soll nun mein Gegenlohn sein, den ich dir gebe: ich ernenne dich zu meinem Gastfreund und mache die vierhundert Myriaden Stateren voll, indem ich von mir die fehlenden siebentausend zufüge, damit dir nicht an den vierhundert Myriaden die siebentausend fehlen, sondern dir die Zahl von mir voll abgerundet ist. Behalte als dein Eigentum,

was du dir selbst erworben hast, und sei dir einer solchen Gesinnung jederzeit bewußt! Wenn du dies tust, wirst du weder jetzt noch im Laufe der Zeit Reue empfinden."

(30) Als er diese Worte gesagt und sie auch verwirklicht hatte, zog er immer weiter. Er marschierte an einer phrygischen Stadt namens Anaua[37] und an einem See vorbei, aus dem Salz gewonnen wird, und gelangte nach Kolossai[38], einer großen Stadt Phrygiens, in der der Lykosfluß in einen tiefen Erdspalt stürzt und verschwindet und sodann nach einer Strecke von ungefähr fünf Stadien wieder auftaucht, um gleichfalls in den Maiandros zu fließen. Von Kolossai weitermarschierend, gelangte das Heer an den Grenzen der Phryger und Lyder in die Stadt Kydara[39]. Dort ist eine fest eingebettete Säule, die, von Kroisos aufgestellt, mit ihrer Inschrift die Grenzen anzeigt.

(31) Von Phrygien aus marschierte er in Lydien ein. Dort teilt sich der Weg, der linke führt in Richtung Karien, der rechte nach Sardes. Wenn man diesen einschlägt, muß man unbedingt den Maiandrosfluß überschreiten und an der Stadt Kallatebos vorbeiziehen, in der Gewerbetreibende Honig aus Tamarisken und Weizen herstellen. Diesen Weg schlug Xerxes ein und fand eine Platane, die er um ihrer Schönheit willen mit einem goldenen Schmuck beschenkte und in die Obhut eines Aufsehers gab. Am folgenden Tag kam er in der Stadt der Lyder an.

(32) Nach seiner Ankunft in Sardes schickte er zuerst Herolde nach Hellas, die um Erde und Wasser bitten und verkünden sollten, daß man Vorbereitungen zur gastlichen Bewirtung des Großkönigs treffe. Nur nach Athen und Lakedaimon schickte er keine Boten mit der Bitte um Erde, sonst überallhin. Diese zweite Bitte um Erde und Wasser ließ er deshalb ergehen, weil er bestimmt glaubte, daß diejenigen, die es beim erstenmal nicht gegeben hatten, jetzt Angst bekämen und sich dazu verstehen würden. Weil er nun eben dies feststellen wollte, sandte er seine Boten.

(33) Darauf traf er Vorbereitungen zum Zug nach Abydos. Die Ägypter und Phoiniker aber schlugen indessen über den Hellespont von Asien nach Europa hinüber eine Brücke. Es ragt auf der Chersones am Hellespont zwischen der Stadt Sestos und Madytos eine felsige Küste in das Meer hinein, Abydos gegenüber, wo hernach, nicht viel später, die Athener unter dem Feldherrn Xanthippos, dem Sohn des Ariphron, den Perser Artayktes, den sie gefangengenommen hatten — er war der Statthalter von Sestos — lebend ans Kreuz schlugen. Dieser hatte auch Frauen in das Heiligtum des Protesilaos nach Elaius verschleppt und sich an ihnen schändlich vergangen[40].

(34) Zu dieser Küste nun bauten die, denen dieser Auftrag zuteilgeworden war, einen Übergang von Abydos aus. Es waren zwei Brücken, die eine bauten die Phoiniker mit Hilfe von Spartgras, die andere die Ägypter mit Hilfe von Byblos. Von Abydos zu der gegenüberliegenden Küste beträgt die Entfernung sieben Stadien. Und als nun der Brückenübergang fertig war, kam ein großer Sturm auf, der dies ganze Werk zusammenschlug und auseinanderbrechen ließ.

(35) Als Xerxes dies erfuhr, war er entrüstet und befahl, dem Hellespont dreihundert Geißelhiebe zu verabreichen und in das Meer ein paar Fußfesseln zu versenken. Ich habe auch gehört, daß er sogar Brandmarker mitschickte, die dem Hellespont ein Brandmal aufdrücken sollten. Soviel ist sicher, daß er den Auftrag gab, den Hellespont zu peitschen und dazu barbarische und frevelhafte Worte zu sprechen: „Du bitteres Wasser! Der Herr legt dir diese Strafe auf, weil du ihn gekränkt hast, ohne daß du von ihm irgendein Unrecht erlitten hast. Und der Großkönig wird über dich hinwegschreiten, ob du willst oder nicht. Dir wird nun, wie du es verdienst, kein Mensch mehr opfern; denn du bist ein schmutziger, salziger Strom." Er gab also den Auftrag, auf diese Weise das Meer zu bestrafen und den Leitern des Brückenbaus über den Hellespont die Köpfe abzuschlagen.

Und die mit diesem traurigen Ehrenamt Beauftragten führten den Befehl aus, und andere Baumeister bauten die Brücken weiter . . .

Der Zug von Sardes nach Abydos

(37) Als nun der Brückenbau und auch die Kanalbauten fertig waren — es handelte sich um die Dämme an den Kanalmündungen, die der Brandung wegen angelegt wurden, damit nicht die Kanalenden versanden — und gemeldet wurde, der Kanal selbst sei vollständig ausgebaut, da brach das Heer in vollständiger Ausrüstung von Sardes, wo es überwintert hatte, zum Marsch nach Abydos auf, als es Frühjahr wurde. Aber wie es sich in Bewegung gesetzt hatte, verließ die Sonne am Himmel ihren Platz und verschwand, ohne daß der Himmel bewölkt war. Vielmehr herrschte ganz heiteres Wetter. Anstatt Tag wurde es Nacht[41]. Wie dies Xerxes sah und merkte, machte es ihn bedenklich, und er befragte die Mager, was diese Erscheinung zu bedeuten habe. Diese erklärten, der Gott kündige den Hellenen das Verschwinden ihrer Städte an, wobei sie noch behaupteten, die Sonne prophezeie für die Hellenen, der Mond für sie selbst. Als Xerxes dies erfuhr, war er hocherfreut und ließ das Heer weitermarschieren.

(38) Beim Aufbruch ging der Lyder Pythios, der über die Himmelserscheinung sehr erschrocken war, zugleich ermutigt durch die Geschenke, zu Xerxes und sagte: „Ich möchte wohl, daß du mir eine Bitte erfüllst, die zu gewähren dir leicht fällt und die für mich außerordentlich wichtig ist.“ Xerxes dachte, er würde alles eher wünschen, als was er erbat, sagte ihm Erfüllung zu und forderte ihn auf, nunmehr zu sagen, worum er bitte. Als Pythios dies hörte, faßte er Mut und sagte: „Herr! Ich habe fünf Söhne und alle sind davon betroffen, mit dir gegen Hellas zu Felde zu ziehen.

Befreie, König, aus Mitleid mit mir, der ich in einem solchen Alter stehe, einen von meinen Söhnen von der Beteiligung an dem Feldzug, und zwar meinen ältesten, damit er hier sich um mich und mein Besitztum fürsorglich annimmt. Die anderen vier nimm mit dir! Mögest du deine Pläne verwirklichen und wieder nach Hause zurückkehren!"

(39) Gar zornig brauste Xerxes auf und gab folgende Antwort: „Du schlechter Mensch, du hast es gewagt, während ich selbst gegen Hellas zu Felde ziehe und meine Söhne, Brüder, Verwandten und Freunde mitnehme, deines Sohnes Erwähnung zu tun, wo du doch mein Sklave bist, der mir mitsamt seiner ganzen Familie einschließlich seiner Frau folgen müßte. Jetzt sollst du dir wohl bewußt sein, daß bei den Menschen ihr Gemüt in den Ohren sitzt. Wenn es etwas Gutes hört, erfüllt es den Körper mit Wohlbehagen, wenn es das Gegenteil davon hört, gerät es in Wallung. Da du mir nun Gutes erwiesen und noch weiter solches angeboten hast, sollst du nicht damit prahlen, den Großkönig an Wohltaten übertroffen zu haben. Du hast dich aber auf eine recht unverschämte Haltung umgestellt und wirst dafür die zwar verdiente Strafe nicht erhalten, vielmehr eine geringere, als du verdient hättest. Dich und vier von deinen Söhnen rettet die Gastfreundschaft, der eine aber, der dir am meisten ans Herz gewachsen ist, soll zur Strafe sein Leben verlieren." Unmittelbar nach dieser Antwort gab er den damit beauftragten Henkern den Befehl, den ältesten von den Söhnen des Pythios ausfindig zu machen, in der Mitte durchzuhauen und die beiden Hälften am Weg auszulegen, die eine Hälfte auf der rechten, die andere auf der linken Seite; das Heer sollte zwischendurch marschieren.

(40) Diese führten es aus, und das Heer marschierte dazwischen durch . . .

(40—43) Die Marschordnung des Heeres und der Weitermarsch bis Abydos.

Heerschau in Abydos und Wettkampf der Schiffe. Die Unterredung des Xerxes mit Artabanos und seine Ansprache an das Heer. Der Übergang über den Hellespont

(44) Nach der Ankunft in Abydos bekam Xerxes Lust, eine Besichtigung des ganzen Heeres vorzunehmen. Es war schon vorher eben dort eigens zu diesem Zweck auf einem Hügel ein erhöhter Sitz aus weißem Stein errichtet. (Leute aus Abydos hatten ihn entsprechend einem früheren Befehl des Großkönigs verfertigt.) Auf diesen setzte er sich, richtete seinen Blick auf die unten liegende Küste und betrachtete das Landheer und die Schiffe. Während des Beschauens wandelte ihn die Lust an, einen Wettkampf der Schiffe zu sehen. Dieser fand statt; es siegten die Phoiniker aus Sidon, und Xerxes freute sich über den Wettkampf und über das Heer.

(45) Wie er den ganzen Hellespont von den Schiffen bedeckt sah und das ganze Küstengebiet und die Ebene von Abydos voll von Menschen, da pries sich Xerxes glücklich, und darauf brach er in Tränen aus. Ihn bemerkte Artabanos, sein Oheim, der zuerst freimütig seine Meinung geäußert und dem Xerxes von dem Zug gegen Hellas abgeraten hatte. Wie dieser Mann beobachtete, daß er weinte, fragte er ihn: „Großkönig! Wie weit auseinander liegt doch das, was du jetzt und kurz zuvor getan hast. Eben hast du dich glücklich gepriesen und jetzt weinst du." Xerxes erwiderte: „Mitleid überkam mich, als ich überlegte, wie kurz das ganze menschliche Leben ist, wenn von diesen da, deren Zahl so groß ist, keiner in hundert Jahren mehr am Leben sein wird." Da sagte Artabanos: „Anderes, das noch bedauerlicher ist, haben wir im Laufe unseres Lebens durchgemacht. In diesem so kurzen Dasein ist noch kein Mensch, weder von diesen hier noch sonst wo, seiner Natur nach so glücklich gewesen, daß er oft und nicht nur einmal in den Zustand geraten würde, lieber tot als lebendig zu sein. Die

Unglücksfälle, die über uns hereinbrechen und die uns in große Unruhe versetzen, bewirken, daß uns das Leben, wenn es auch kurz ist, lang zu sein scheint. So ist der Tod die erwünschteste Zuflucht aus der Mühseligkeit des Daseins für den Menschen geworden, der Gott aber wird, wenn er das Dasein in seiner Süßigkeit hat kosten lassen, darin als neidisch befunden."

(47) Xerxes erwiderte: „Artabanos! Wir wollen nun über das menschliche Dasein, das dergestalt ist, wie du es darlegst, nicht weiter reden, auch nicht der schlimmen Dinge gedenken, wo wir es doch jetzt mit guten zu tun haben. Sage mir: Wenn dir das Traumgesicht nicht so deutlich erschienen wäre, würdest du dann an deiner ursprünglichen Ansicht festhalten und mich nicht gegen Hellas ziehen lassen, oder wärest du davon abgerückt? Wohlan, sag mir dies unumwunden!" Artabanos erwiderte: „Großkönig! Das Traumgesicht, das mir erschienen ist, möge in Erfüllung gehen, so wie wir beide es wünschen! Ich aber bin auch jetzt noch voll Furcht und bin ganz fassungslos, da ich neben meinen vielen sonstigen Überlegungen dies vor allem sehe, daß zwei Mächte, die die allerwichtigsten sind, sich dir feindlich in den Weg stellen."

(48) Darauf antwortete Xerxes: „Du seltsamer Mann! was sind denn das für Mächte, von denen du behauptest, daß sie mir die feindlichsten seien? Hast du an dem Landheer etwas auszusetzen hinsichtlich seiner Menge, oder erscheint dir das hellenische Heer um ein vielfach größeres zu sein als das unsrige oder unsere Flotte hinter der ihrigen zurückzustehen, oder glaubst du sogar, daß beides der Fall sein wird? Wenn dir in dieser Beziehung unsere Macht nicht ausreichend zu sein scheint, dann könnte man ja schnellstens die Aushebung eines weiteren Heeres durchführen."

(49) Artabanos erwiderte: „Großkönig! Wer Einsicht hat, dürfte weder an diesem Heer etwas auszusetzen haben, noch an der Menge der Schiffe. Wenn du noch mehr zusammen-

kommen läßt, dann werden diese beiden Mächte, von denen ich spreche, dir noch viel verderblicher werden. Und diese beiden Mächte sind das Land und das Meer. Was nämlich das Meer betrifft, so gibt es nirgends einen Hafen, der, soweit ich es zu beurteilen vermag, groß genug wäre, um beim Aufkommen eines Sturmes diese deine Flotte aufnehmen zu können, und Gewähr dafür bieten würde, die Schiffe zu retten. Und dabei darf es sich nicht um diesen einzigen Hafen handeln, sondern dem ganzen Festland entlang, an dem du doch vorbeifährst, müssen solche sein. Da dir doch gewiß keine aufnahmefähigen Häfen zur Verfügung stehen, so rechne damit, daß die Zufälligkeiten über die Menschen herrschen und nicht die Menschen über die Zufälligkeiten!

Und nun, da von diesen beiden Mächten die eine dir dargelegt ist, will ich dazu übergehen, von der anderen zu sprechen. Das Land tritt als dein Feind aus folgendem Grund in Erscheinung. Wenn sich dir keine Macht entgegenstellen will, die sich mit dir messen könnte, so wird sie dir um so verderblicher werden, je weiter du vorwärts marschierst, wobei dieser Vormarsch nur ein Sichdurchstehlen von Punkt zu Punkt darstellt. Wenn es ja den Menschen gut geht, kennen sie kein Halten. Und nun behaupte ich, wenn sich dir niemand entgegenstellt, wird das Land je länger je weiter werden und schließlich zu einer Hungersnot führen. Der Mann aber dürfte dann der beste sein, der bei der Beratung furchtsam ist und alles, was ihm zustoßen könnte, in Rechnung setzt, aber dann, wenn es zu handeln gilt, Entschlossenheit zeigt."

(50) Xerxes gibt folgende Antwort: „Artabanos! Alles, was du da darlegst, ist einleuchtend, aber sei nicht allzu furchtsam und ziehe nicht alles gleichermaßen in Erwägung! Wolltest du ja bei jeder Aufgabe, die dir entgegengebracht wird, alle Möglichkeiten gleichermaßen nach allen Seiten erwägen, würdest du überhaupt nie etwas zustande bringen. Es ist besser, das Ganze mutig zu wagen und die Hälfte der

schlimmen Folgen auf sich zu nehmen, als vor jeder Aufgabe zurückzuschrecken, um überhaupt nie einen Mißerfolg auf sich zu nehmen. Wenn du dich aber gegen alles, was vorgebracht wird, zur Wehr setzest, ohne den unfehlbaren Weg zu zeigen, mußt du bei einem solchen Verhalten gleicherweise scheitern wie der, der das Gegenteil davon gesagt hat! Das kommt nun auf das gleiche heraus. Wie sollte denn auch ein Mensch das Unfehlbare kennen? Ich glaube dies auf keinen Fall. Denen freilich, die handeln wollen, fällt in der Regel der Gewinn zu, auf die aber, die alles überlegen und zaudern, will dies nicht zutreffen.

Du siehst, zu welcher Höhe sich die persische Macht erhoben hat. Hätten freilich jene Könige, die vor mir gelebt haben, die gleichen Ansichten gehabt wie du oder auch, ohne solche Ansichten selbst zu haben, andere Ratgeber dieser Art gehabt, dann hättest du niemals sehen können, daß diese Macht eine solche Höhe erreicht hätte. So aber haben sie die Wagnisse auf sich genommen und das Reich so hoch gebracht. Große Erfolge wollen durch hohen Einsatz errungen werden. So wollen wir es jenen gleichtun und zur schönsten Jahreszeit den Marsch antreten, und wenn wir ganz Europa unterworfen haben, werden wir wieder nach Hause zurückkehren, ohne irgendwo Hunger gelitten noch sonst irgendein Ungemach erlitten zu haben. Wir führen ja auf unserem Marsch selbst eine Menge Lebensmittel mit und werden auch, in welches Land und gegen welches Volk wir immer ziehen, diesem die Verpflegung entnehmen, da wir ja gegen Ackerbauern und nicht gegen Nomaden zu Felde ziehen."

(51) Darauf erwiderte Artabanos: „Großkönig! Da du vor keiner Unternehmung Besorgnis haben lässest, so nimm von mir wenigstens einen Rat entgegen! Denn es ist notwendig, sich über viele Punkte weiter auszulassen. Kyros, der Sohn des Kambyses, hat ganz Ionien, mit Ausnahme der Athener, unterworfen und den Persern tributpflichtig ge-

macht. Ich rate dir nun, diese Männer keinesfalls gegen ihre Väter zu führen. Wir sind doch auch ohne sie imstande, über unsere Feinde Herr zu werden. Entweder müssen sie, wenn sie Gefolgschaft leisten, sich als ganz ungerecht erweisen, indem sie sich an der Knechtung ihrer Mutterstadt beteiligen, oder als ganz gerecht, indem sie sich für deren Freiheit miteinsetzen. Erweisen sie sich nun als ganz ungerecht, so bringen sie uns keinen großen Gewinn, erweisen sie sich aber als ganz gerecht, so wird ihnen die Möglichkeit gegeben, deinem Heer großen Schaden zuzufügen. Darum nimm dir auch zu Herzen, wie trefflich das alte Wort gesagt ist: Gleich am Anfang zeigt sich nicht in jedem Ding das Ende."

(52) Darauf antwortete Xerxes: „Artabanos! Bei den Ansichten, die du eben geäußert hast, irrst du dich am meisten gewiß darin, daß du fürchtest, die Ioner könnten ihre Haltung ändern. Sie haben uns doch den sichersten Beweis geliefert und dafür bist du und alle anderen, die mit Dareios gegen die Skythen gezogen sind, Zeuge, daß es ja in ihrer Hand gelegen wäre, das gesamte persische Heer zu vernichten oder auch zu erretten. Sie haben aber gerechtes Denken und eine zuverlässige Haltung und keine Unfreundlichkeit gezeigt. Und abgesehen davon, haben sie in unserem Lande ihre Frauen und Kinder und ihr sonstiges Hab und Gut zurückgelassen, und man braucht darum auch nicht einen Aufstand ihrerseits in Rechnung zu stellen. Fürchte also auch dies nicht, sondern habe guten Mut und schütze mein Haus und meine Herrschaft! Denn dir allein vertraue ich von allen mein Herrscheramt an."

(53) Nach diesen Worten sandte Xerxes den Artabanos nach Susa und ließ noch einmal die angesehensten Perser kommen. Als sie sich bei ihm eingefunden hatten, sagte er zu ihnen folgendes: „Mit dem Wunsche habe ich euch hier versammelt, daß ihr euch als wackere Männer erweisen und nicht die früheren Leistungen der Perser, die bedeutend und

hoch zu bewerten sind, zuschanden machen sollt. Vielmehr wollen wir, jeder einzelne von uns und wir alle zusammen, unsere Entschlossenheit zeigen. Wenn eine solche Gesinnung alle erfüllt, dann kann aus unserem Bemühen nur Gutes erstehen. Darum fordere ich euch auf, alle eure Kräfte in dem Krieg einzusetzen. Denn wie ich erfahre, ziehen wir gegen tapfere Männer zu Felde. Wenn wir diese besiegen, stellt sich uns gewiß nie mehr ein anderes Heer in der Welt entgegen. Jetzt aber wollen wir den Übergang durchführen und zuvor zu den Göttern beten, die über das persische Land ihre schützende Hand halten."

(54) An diesem Tage noch trafen sie die Vorbereitungen für den Übergang. Am folgenden warteten sie noch, da sie den Sonnenaufgang zuvor sehen wollten, verbrannten als Opfer allerlei Räucherwerk auf den Brücken und bestreuten den Weg mit Myrten. Wie die Sonne aufging, betete Xerxes, während er aus einer goldenen Schale ein Trankopfer in das Meer goß, zur Sonne[42], es möge ihm kein solches Mißgeschick begegnen, das ihn veranlasse, die Unterwerfung Europas eher abzubrechen, als er an dessen Enden angelangt sei. Nach dem Gebet warf er die Schale in den Hellespont und dazu einen goldenen Mischkrug und ein persisches Schwert, das sie „Akinake" nennen. Ich kann es nicht einwandfrei entscheiden, ob er diese Gegenstände dem Helios als Weihgabe darbrachte und ins Meer versenkte, oder ob es ihn reute, den Hellespont gegeißelt zu haben, und er dafür ihm ein Geschenk darbrachte.

(55) Als er dies getan hatte, zogen sie auf beiden Brükken hinüber. Die Brücke, die zum Pontus führte, benützte das Fußvolk und die gesamte Reiterei, auf der Brücke zu dem aigaiischen Meer hin gingen die Lasttiere und der Troß hinüber. Voraus zogen die „Zehntausend Perser", alle bekränzt, hinter ihnen kam das übrige Heer, buntgemischt aus allen möglichen Völkerschaften. An diesem Tage zogen die genannten Truppen hinüber, am folgenden an der Spitze die

Reiterei und die Lanzenträger, die ihre Lanzen nach unten gesenkt tragen. Auch sie waren bekränzt. An sie schlossen sich die heiligen Pferde und der heilige Wagen an. Sodann kam Xerxes selbst mit den Speerträgern und mit den „Tausend Reitern". Hinter diesen marschierte der Rest des Heeres. Zugleich fuhren die Schiffe zum gegenüberliegenden Ufer ab. Ich habe aber auch noch eine andere Darstellung gehört, nämlich daß der Großkönig zuallerletzt über die Brücke gegangen sei.

(56) Als Xerxes nach Europa hinübergegangen war, schaute er sich den Übergang des Heeres an, das unter Peitschenhieben hinübergetrieben wurde. Sein Heer benötigte für den Übergang sieben Tage und sieben Nächte, ohne daß auch nur eine einzige Pause eintrat. Da soll, als Xerxes schon über den Hellespont gegangen war, ein Einheimischer ausgerufen haben: „Zeus! Wozu nimmst du denn die Gestalt eines Persers und den Namen Xerxes anstatt Zeus an, der du die ganze Menschheit mit dir führst, in dem Wunsche, Hellas zu vernichten. Es wäre dir ja auch ohne diese möglich gewesen, dies auszuführen."

(57) Wie alle hinübergegangen waren und den Landmarsch antraten, erschien ihnen ein bedeutsames Wunderzeichen, dem jedoch Xerxes keinerlei Beachtung schenkte, obwohl es leicht zu deuten war. Eine Stute warf einen Hasen. Die naheliegende Deutung dieses Wunders ging dahin: Xerxes war im Begriff, ein Heer gegen Hellas zu führen, das äußerst prunkvoll und prächtig war, er wird aber, um sein Leben laufend, an den gleichen Ort wieder zurückkehren. Es war ihm aber auch noch ein weiteres Wunder erschienen, solange er noch in Sardes weilte: ein Maultier warf ein Junges, das doppelte Geschlechtsteile hatte, männliche und weibliche, wobei die männlichen höher lagen.

Zählung des Heeres
Zug vom Hellespont nach Doriskos

(58) Ohne auf diese beiden Zeichen zu achten, setzte Xerxes seinen Vormarsch zusammen mit dem Landheer fort. Die Flotte fuhr aus dem Hellespont heraus und nahm Kurs entlang dem Festland in der dem Landheer entgegengesetzten Richtung. Sie fuhr gegen Westen zu, um zu dem Sarpedonischen Vorgebirge[43] zu gelangen, wo sie befehlsgemäß nach ihrer Ankunft warten sollte, während das Heer auf dem Festland gegen Osten und Sonnenaufgang seinen Weg durch die Chersones nahm und zur Rechten das Grab der Helle, der Tochter des Athamas[44], zur Linken die Stadt Kardia[45] hatte und mitten durch eine Stadt marschierte, die den Namen Agora hatte[46]. Von dort machte es einen Bogen um den sogenannten Melasbusen und den Melasfluß, der mit seinem Wasser für das Heer nicht ausreichte, sondern versiegte, überschritt diesen Fluß, von dem auch der Meerbusen seinen Namen hat, und zog in westlicher Richtung, an der aiolischen Stadt Ainos[47] und dem Stentorissee vorbei, bis es nach Doriskos kam.

(59) Doriskos ist ein Küstengebiet mit einer weiten Ebene Thrakiens, durch die der große Fluß Hebros strömt. In dieser Ebene war die Doriskos genannte königliche Festung erbaut, in die eine persische Besatzung von Dareios seit der Zeit gelegt war, da er gegen die Skythen zu Felde gezogen war. Xerxes glaubte nun, dort sei der geeignete Platz, um sein Heer zu ordnen und zu zählen, was er denn auch tat. Die gesamten Schiffe also, die in Doriskos angekommen waren, ließen die Schiffskommandanten entsprechend dem Befehl des Xerxes auf den Strand in der Nähe von Doriskos ziehen, an dem die samothrakische Stadt Sale und Zone liegt und ganz am Ende Serreion, ein bekanntes Vorgebirge. Diese Gegend hatte in alter Zeit den Kikonen[48] gehört. Auf diesen Strand ließen sie die Schiffe zulaufen und dann auf

das Trockene ziehen. Xerxes veranstaltete unterdessen in Doriskos eine Zählung des Heeres.

(60) Wie groß nun die Zahl der Truppen war, die jede einzelne Völkerschaft stellte, kann ich nicht mit Genauigkeit angeben. Sie wird von keinem Menschen berichtet. Es stellte sich aber heraus, daß die Stärke des gesamten Fußvolkes 1 700 000 Mann betrug. Diese wurden auf folgende Weise gezählt: 10 000 Mann wurden an einem Platz zusammengetrieben und möglichst eng zusammengedrängt. Dann zog man außen ringsum einen Kreis, ließ die 10 000 heraus und errichtete auf der Kreislinie eine Verzäunung, die so hoch war, daß sie einem Mann bis an den Nabel reichte. Als man mit dieser Verzäunung fertig war, ließ man andere in die Verzäunung hineingehen, bis sie alle auf diese Weise gezählt waren. Nach der Zählung wurden sie nach den einzelnen Volksstämmen geordnet.

(61—99) Beschreibung der einzelnen Volksstämme, die in dem Landheer und in der Flotte vertreten waren.

*Musterung des Heeres und der Flotte
Gespräch mit Demaratos*

(100) Als Xerxes das Heer gezählt und eingeteilt hatte, bekam er Lust, selbst durch die Truppen zu fahren und sie sich anzuschauen. Und hernach führte er dies auch aus. Er fuhr auf einem Wagen bei dem ganzen Heer umher an jedem einzelnen Volksstamm vorbei und erkundigte sich über diesen. Die Schreiber machten ihre Aufzeichnungen, bis er von einem Ende der Reiterei und des Fußvolkes bis zum andern gekommen war. Als er dies getan hatte, wurden die Schiffe wieder in das Meer gezogen. Xerxes verließ darauf seinen Wagen, begab sich auf ein sidonisches Schiff und nahm unter einem goldenen Zelt Platz. Dann fuhr er an dem Bug der Schiffe vorbei, fragte nach jedem einzelnen Schiff ebenso wie

bei den Landstreitkräften und ließ Aufschriebe machen. Ihre Schiffe hatten die Schiffskommandanten ungefähr vier Plethren[49] von dem Strand entfernt verankert, wobei sie alle den Bug zum Lande hin in gerade Front gekehrt und die Schiffsbesatzung wie zur Schlacht bewaffnet hatten antreten lassen. Xerxes selbst führte die Besichtigung durch, indem er zwischen dem Bug der Schiffe und dem Strand vorbeifuhr.

(101) Als er diese Vorbeifahrt durchgeführt und das Schiff verlassen hatte, ließ er den Demaratos, den Sohn des Ariston[50], der mit ihm gegen Hellas zu Felde zog, kommen. Er ließ ihn zu sich rufen und fragte ihn: „Demaratos! Jetzt habe ich Lust, dich nach etwas zu fragen, was mir am Herzen liegt. Du bist doch ein Hellene und, wie ich von den anderen Hellenen, die mit mir ins Gespräch kommen, höre, von einer Stadt, die weder die geringste noch die schwächste ist. Jetzt sage mir also, ob die Hellenen sich unterstehen werden, die Hände gegen mich zu erheben. Sie werden ja, wie mir dünkt, auch nicht, wenn alle Hellenen und alle übrigen im Westen wohnenden Menschen sich versammeln, stark genug sein, mir im Kampfe standzuhalten, wenn ich gegen sie ziehe, vorausgesetzt, daß sie nicht vereinigt zusammenstehen. Gleichwohl will ich auch von dir erfahren, was du über sie zu sagen hast." Diese Frage stellte er an Demaratos. Dieser gab zur Antwort: „Großkönig! Soll ich dir gegenüber die Wahrheit sagen oder dir zu Gefallen reden?" Er forderte ihn auf, der Wahrheit die Ehre zu geben, und fügte hinzu, er werde ihm in keiner Weise weniger gewogen sein, als er es bisher gewesen sei.

(102) Als Demaratos dies hörte, sagte er folgendes: „Großkönig! Da du mich aufforderst, unbedingt der Wahrheit zu entsprechen und das zu sagen, womit später keiner von dir als Lügner ertappt werden wird, so wisse, in Hellas ist die Armut von jeher heimisch gewesen, die Mannestüchtigkeit ist aber hinzuerworben, gewonnen aus der Quelle der Klugheit und des strengen Gesetzes, und mit

Hilfe dieser Mannestüchtigkeit wehrt Hellas der Armut und der Tyrannei. Ich lobe also alle Hellenen, die überall in jenen dorischen Gebieten wohnen. Ich will aber gleich hinzufügen, daß folgendes nicht für alle, sondern allein für die Lakedaimonier gilt: erstens werden sie nimmermehr deine Vorschläge, die für Hellas Knechtschaft bringen, annehmen, und zweitens werden sie sich dir zur Schlacht stellen, selbst wenn die anderen Hellenen sämtlich auf deine Seite treten. Was aber ihre Zahl betrifft, so frage nicht, wie stark sie sind, um dazu imstande zu sein. Wenn nämlich auch nur tausend ausgezogen sind, so werden diese mit dir kämpfen, gleichgültig, ob es nun weniger oder mehr als tausend sind."

(103) Als Xerxes dies hörte, brach er in ein Gelächter aus und sagte: „Demaratos! Was für ein Wort hast du da gesagt! Tausend Mann sollen mit einem großen Heer kämpfen? Wohlan, sag mir, du behauptest doch, über diese Männer König gewesen zu sein. Wirst du nun bereit sein, gleich auf der Stelle gegen zehn Männer zu kämpfen? Indessen, wenn eure gesamte Bürgerschaft so veranlagt ist, wie du es darlegst, so ist es doch für dich als ihrem König am Platz, dich mit der doppelten Zahl zu messen. So wollen es doch eure Gesetze. Wenn jeder von deinen Mitbürgern es mit zehn Männern von meinem Heer aufnimmt, so verlange ich von dir, daß du es mit zwanzig aufnimmst. Und unter dieser Voraussetzung dürfte es wohl mit der von dir aufgestellten Behauptung seine Richtigkeit haben. Wenn aber du und alle die Hellenen, die bei mir aus- und eingehen und sich mit mir unterreden, so veranlagt und so groß seid und ihr euch derartig rühmt, dann sieh nur zu, daß diese von dir vorgebrachte Behauptung nicht eitel Prahlerei ist. Denn wohlan, bedenke doch das, was ganz natürlich ist: wie könnten wohl Tausend oder Zehntausend oder auch fünfmal Zehntausend, die alle gleichermaßen frei sind und nicht unter dem Befehl eines einzigen Mannes stehen, einem so großen Heer entgegentreten? Denn es kommen doch mehr als tau-

send Mann auf jeden einzelnen, wenn jene fünftausend Mann stark sind. Wenn sie unter dem Befehl eines Einzigen stünden, wie es unserem Brauch entspräche, könnten sie wohl aus Furcht vor diesem und entgegen ihrer eigenen Veranlagung sich tapferer zeigen und dürften unter dem Zwang von Peitschenhieben als Minderheit gegen eine Übermacht ziehen. Wird ihnen aber ihr freier Wille gelassen, so tun sie wohl keines von beiden. Ich bin der Ansicht, daß die Hellenen, auch wenn sie gleich stark wären, gegen die Perser allein im Kampfe einen schweren Stand hätten. Jedoch, was du behauptest, das ist nur bei uns der Fall; freilich kommt es nicht häufig, sondern nur selten vor. Es gibt ja unter meinen persischen Speerträgern solche, die entschlossen sein werden, mit drei hellenischen Männern gleichzeitig den Kampf aufzunehmen. Doch mit diesen hast du noch keine Bekanntschaft gemacht, und deshalb schwatzt du so viel törichtes Zeug."

(104) Darauf sagte Demaratos: „Großkönig! Von Anfang an wußte ich, daß ich nichts Angenehmes sage, wenn ich mich zur Wahrheit bekenne. Da du mich aber gezwungen hast, die unverbrüchliche Wahrheit zu sagen, berichtete ich, wie es bei den Spartiaten zugeht. Indessen weißt du ja selbst am besten, welche liebevolle Haltung gerade jetzt ich ihnen entgegenbringe, die mir die Königswürde und die ererbten Ehrenrechte genommen und mich zum heimatlosen Flüchtling gemacht haben. Dein Vater aber hat mich aufgenommen und mir den Lebensunterhalt und dazu ein Haus gegeben. Es ist also nicht einzusehen, daß ein Mann, sofern er vernünftig ist, offensichtliches Wohlwollen verwerfen sollte, im Gegenteil, er sollte sich in höchstem Maße dafür erkenntlich zeigen. Ich aber versichere, daß ich nicht imstande bin, mit zehn Männern zu kämpfen, auch nicht mit zweien; ja freiwillig möchte ich nicht einmal mit einem einzigen kämpfen. Sollte aber eine Zwangslage bestehen oder ein hoher Preis zum Kampfe anspornen, dann würde ich am

allerliebsten mit einem dieser Männer kämpfen, die behaupten, daß jeder einzelne von ihnen es mit drei Hellenen aufnehmen würde. So sind auch die Lakedaimonier im Einzelkampf nicht weniger tapfer wie jeder andere, im Gesamtkampf aber sind sie die tüchtigsten von allen Männern. Sie sind zwar frei, aber doch nicht ganz frei. Denn über ihnen steht als Herr das Gesetz, vor dem sie sich noch viel mehr fürchten als die Deinigen vor dir. Auf alle Fälle tun sie, was jenes befiehlt. Es befiehlt aber immer das gleiche: es verbietet, vor irgendeiner Übermacht in der Schlacht zu fliehen, es gebietet, in Reih und Glied zu bleiben und entweder zu siegen oder zu sterben. Wenn ich dir aber mit solchen Worten töricht zu schwatzen scheine, will ich sonst künftig schweigen. Jetzt aber habe ich, was ich gesagt habe, nur gezwungen gesagt. Jedoch möge es dir, Großkönig, nach deinem Wunsche ergehen!"

(105) Dies war also seine Antwort. Xerxes aber nahm sie von der lächerlichen Seite und zeigte über sie keinen Groll, sondern er entließ ihn freundlich. Und nachdem er dieses Gespräch mit ihm geführt und als Statthalter in diesem Doriskos den Maskames, den Sohn des Megadostes, eingesetzt und den von Dareios bestellten abgesetzt hatte, führte er das Heer durch Thrakien gegen Hellas.

(106—130) Zug des Xerxes durch Thrakien, Makedonien (über Akanthos nach Therma). Einmarsch in Thessalien.

Wie die Hellenen die Gesandten des Xerxes aufnehmen Verhalten Athens und Spartas

(131) Xerxes hielt sich nun eine Reihe von Tagen bei Pieria[51] auf. Ein Drittel des Heeres war damit beschäftigt, das makedonische Bergland abzuholzen, damit dort für das ganze Heer der Durchmarsch zu den Perrhaibern geöffnet werde. Dorthin kehrten auch die Herolde, die nach Hellas ge-

schickt worden waren, um Erde zu fordern, zurück, die einen mit leeren Händen, die andern brachten Erde und Wasser.

(132) Zu denen, die dies gegeben hatten, gehörten folgende: Thessaler, Doloper, Ainianen, Perrhaiber, Lokrer, Magneter, Malier, Phtiotische Achaier, Thebaner und die übrigen Boioter, außer den Thespiern und Plataiern. Gegen diese schlossen diejenigen Hellenen, die den Krieg mit den Barbaren aufnahmen, einen Eidbund. Die eidliche Verpflichtung war folgende: Alle, die als Hellenen ohne Zwang und trotz einer für sie günstigen Lage sich dem Perser ergeben haben, sollen dem Gott in Delphi den Zehnten abgeben. So lautete also die eidliche Verpflichtung für die Hellenen.

(133) Nach Athen und Sparta aber hatte der Perser keine Herolde geschickt, um Erde zu fordern, und zwar aus folgendem Grunde: Als Dareios früher zu eben diesem Zweck Herolde geschickt hatte, da hatten die einen von ihnen die Bittenden in den Abgrund, die andern in einen Brunnen geworfen und sie aufgefordert, daraus Erde und Wasser dem Großkönig zu bringen. Dies war der Grund, weshalb Xerxes nicht mehr geschickt hatte, um zu bitten. Was aber den Athenern dafür, daß sie dies den Herolden angetan hatten, an Ungemach widerfahren ist, kann ich nicht sagen, außer daß ihr Land und ihre Stadt verwüstet worden ist. Aber ich glaube, daß dies nicht aus dem vorliegenden Grund erfolgt ist.

(134) Über die Lakedaimonier aber kam nun der Zorn des Talthybios, des Herolds des Agamemnon. In Sparta gibt es nämlich ein Heiligtum des Talthybios und es gibt dort auch Nachkommen des Talthybios, die Talthybiaden genannt werden, denen alle Gesandtschaften, die von Sparta ausgehen, als Ehrenamt übertragen sind. Seit dem obigen Vorfall konnten die Spartiaten keinen günstigen Ausgang ihrer Opfer mehr erlangen. Und dieser Zustand hielt bei ihnen geraume Zeit an. Darüber waren die Lakedaimonier betrübt und betrachteten es als ein Unglück. Häufig wurde

die Volksversammlung einberufen, und sie ließen durch einen Herold verkündigen, ob einer der Lakedaimonier bereit sei, für Sparta zu sterben. Da nahmen Sperthias, der Sohn des Aneristos, und Bulis, der Sohn des Nikolaos, beide von vornehmer Abkunft, die es zu außerordentlich hohem Vermögen gebracht hatten, es freiwillig auf sich, dem Xerxes für die Ermordung der Herolde des Dareios in Sparta Buße zu leisten. So schickten die Spartiaten diese beiden zu den Medern ab, wo sie den Tod erleiden sollten.

(135) Dieser Mut der beiden Männer verdient Bewunderung und dazu noch folgende Äußerung. Auf ihrer Reise nach Susa kamen sie nämlich zu Hydarnes. Dieser war von Geburt ein Perser und der Heerführer des gesamten am Meere wohnenden Volkes in Asien. Er nahm sie gastlich auf und bewirtete sie. Beim Essen stellte er an sie die folgende Frage: „Ihr Lakedaimonischen Männer! Warum sträubt ihr euch denn, Freunde des Großkönigs zu werden? Ihr seht doch, wie der Großkönig wackere Männer zu ehren weiß. Ihr braucht da nur auf mich und meine Verhältnisse zu schauen. So könnt auch ihr, wenn ihr euch dem Großkönig ergeben würdet, — ihr steht ja in dem Rufe bei ihm, wackere Männer zu sein — wohl jeder von euch über ein Gebiet in Hellas herrschen, das euch der Großkönig anweisen würde." Darauf gaben sie folgende Antwort: „Hydarnes! Der Rat, der sich auf uns bezieht, ist nicht gleichmäßig ausgewogen. Bei dem einen Teil stützest du dich auf deine eigene Erfahrung, bei dem andern Teil fehlt sie dir. Was es heißt, Sklave zu sein, das weißt du, mit der Freiheit aber hast du noch keine Erfahrung gemacht und weißt nicht, ob sie süß ist oder nicht. Denn wenn du sie gekostet hättest, würdest du uns raten, nicht nur mit Speeren, sondern sogar mit Äxten für sie zu kämpfen."

(136) Diese Antwort gaben sie dem Hydarnes. Und wie sie von dort nach Susa hinauf weiterreisten und dem König vor Augen traten, da weigerten sie sich fürs erste, dem Be-

fehl der Lanzenträger, die gegen sie Zwang anwenden wollten, zu gehorchen und sich vor dem Großkönig niederzuwerfen, und erklärten, selbst wenn man sie auf den Kopf stellen würde, würden sie das keinesfalls tun. Denn es sei bei ihnen nicht Brauch, sich vor einem Menschen niederzuwerfen, und dazu seien sie ja auch nicht gekommen. Als sie sich so dagegen zur Wehr gesetzt hatten, gaben sie ihnen nochmals die gleiche Erklärung und dazu folgende Begründung: „König der Meder! Uns haben die Lakedaimonier anstelle der in Sparta ermordeten Herolde geschickt, um Buße für jene zu leisten." Wie sie dies sagten, erklärte Xerxes in einer Anwandlung von Großmut, er wolle es nicht den Lakedaimoniern gleichtun. Jene haben ja die für die gesamte Menschheit gültigen Rechtssatzungen dadurch verschüttet, daß sie Herolde umgebracht haben. Er selbst werde das nicht tun, was er jenen vorwerfe, und auch nicht dadurch, daß er sie als Vergeltung töte, die Lakedaimonier von ihrer Schuld lösen.

(137) Damit und weil die Spartiaten dies getan hatten, hörte der Groll des Talthybios sofort auf, obgleich Sperthias und Bulis nach Sparta zurückkehrten ...

Verdienst der Athener um Hellas

(138) Der Feldzug des Großkönigs richtete sich dem Namen nach gegen Athen, war aber in Wirklichkeit gegen ganz Hellas gerichtet. Dies hatten die Hellenen schon lange vorher erfahren, aber nicht alle in gleicher Weise sich darauf eingestellt. Die einen von ihnen hatten Erde und Wasser dem Perser gegeben und waren erfüllt von der Zuversicht, nichts Unangenehmes seitens des Barbaren zu erleiden, die andern, die Wasser und Erde nicht gegeben hatten, befanden sich in erheblicher Angst, da weder in Hellas so viel Schiffe waren, daß sie ausreichend gewesen wären, dem heranzie-

henden Gegner sich im Kampfe zu stellen, noch die große Masse überhaupt gewillt war, sich mit dem Krieg zu befassen, sondern in ihrer Gesinnung ganz entschieden zu den Medern hinneigte.

(139) Hier werde ich zwangsläufig dazu gedrängt, eine Meinung zu äußern, die zwar bei den meisten Menschen Anstoß erregen wird, mit der ich aber dennoch, wie sie mir der Wahrheit zu entsprechen scheint, nicht zurückhalten will. Wenn die Athener aus Angst vor der heraufziehenden Gefahr ihr Land verlassen hätten oder dies auch nicht getan hätten, sondern dageblieben wären und sich dem Xerxes ergeben hätten, so hätte sich niemand gefunden, der zur See versucht hätte, dem Großkönig entgegenzutreten. Wäre somit zur See dem Xerxes niemand entgegengetreten, so wäre der Gang der Ereignisse zu Lande folgender gewesen: Selbst wenn viele Mauerpanzer von den Peloponnesiern über den Isthmus gezogen worden wären, so wären die Lakedaimonier zwar nicht gerne, aber von den Verhältnissen gezwungen, preisgegeben von ihren Bundesgenossen — Stadt um Stadt wäre ja von der Flottenmacht der Barbaren eingenommen worden —, allein dagestanden. Alleingelassen aber wären sie trotz aller Heldentaten, die sie vollführt hätten, ruhmvoll untergegangen. Entweder wäre ihnen dieses Schicksal zuteil geworden oder sie hätten schon vorher, da sie gesehen hätten, daß auch die übrigen Hellenen es mit den Medern hielten, mit Xerxes eine Übereinkunft geschlossen. Und so wäre auf dem einen oder anderen Weg Hellas den Persern in die Hände gefallen. Denn was den Nutzen der über den Isthmus gezogenen Mauern betrifft, so kann ich nicht feststellen, worin dieser hätte bestehen sollen, wenn der Großkönig die Herrschaft zur See besaß. Wenn jetzt aber jemand behauptet, die Athener hätten sich als die Retter von Hellas erwiesen, so dürfte er wohl die Wahrheit nicht verfehlen. Denn auf welche von beiden Seiten sie sich schlugen, dahin mußte sich die Waagschale

senken. Da sie aber lieber wollten, daß Hellas in Freiheit gerettet werde, so waren sie es, die das gesamte übrige Hellenentum, soweit es sich nicht zu den Medern bekannte, aufrüttelten und — nächst den Göttern — den Großkönig zurückschlugen. Auch nicht durch beängstigende Orakelsprüche, die aus Delphi eintrafen und sie in Schrecken versetzten, konnten sie veranlaßt werden, Hellas zu verlassen. Vielmehr blieben sie und nahmen das Wagnis auf sich, den gegen ihr Land heranziehenden Feind zu bestehen.

(140) Die Athener hatten nämlich nach Delphi Orakelbefrager geschickt und wollten gerne sich ein Orakel geben lassen. Als sie bei dem heiligen Bezirk die üblichen Handlungen erledigt hatten und in das Tempelhaus hineingegangen waren, um sich dort niederzusetzen, gab ihnen die Pythia[52], deren Name Aristonike war, folgenden Spruch:

„Arme! Was sitzt ihr denn da? So flieht an die Enden der Erde,
Lasset das Haus und der rundlichen Stadt hochragende Gipfel!
Unversehrt bleibt ja das Haupt nicht und wird auch der Körper nicht bleiben.
Nichts bleibt übrig, die Füße nicht unten, auch nicht die Hände,
Auch von der Mitte kein Stück. Die Stadt vertilgend verzehret
Feuer und Ares in Wut, den Wagen, den syrischen[53], lenkend.
Viele andere Burgen zerbricht er, dich nicht alleine;
Viele Tempel der Götter gibt preis er dem fressenden Feuer.
Jetzt wohl stehen sie da und sind gebadet im Schweiße
Und erbleichen vor Angst. Hoch oben über die Giebel
Schwarzes Blut ist gegossen, verkündigend drängende Kriegsnot. —
Hebt euch hinweg aus dem Tempel und öffnet die Herzen dem Leide."

(141) Als die athenischen Orakelbefrager dies hörten, faßten sie es als ein Vorzeichen schwersten Unglücks auf und, da sie unter dem Eindruck dieser schlimmen Prophezeiung ganz verzweifelt waren, riet ihnen Timon, der Sohn des Androbulos, einer der angesehensten Männer von Delphi, nochmals hinzugehen und Ölzweige mitzunehmen, um als Schutzflehende das Orakel zu befragen. Die Athener befolgten diesen Rat und sagten dort: „Herr! Gib uns eine bessere Weissagung über unser Vaterland und achte diese Ölzweige, mit denen wir zu dir kommen! Oder wir gehen fürwahr nicht aus dem Tempel, sondern werden hier an dieser Stelle bleiben, bis wir sogar tot sind." Auf diese ihre Worte hin gab ihnen die Oberpriesterin nochmals einen Orakelspruch, der folgendermaßen lautete:

„Nimmer vermag ja Pallas den Zeus im Olymp zu versöhnen,
Bittend mit vielen Worten und mit verständigem Rate.
Dir aber sag ich erneut das Wort, das fest ist dem Stahl gleich:
Fällt auch das andere alles dem Feind in die Hand, das umschlossen
Von des Kekrops Berg[54] und der Schlucht des hehren Kithairon[55],
Doch dem weithin donnernden Zeus dankt's Tritogeneia[56]:
Heil nur bleibt dir zum Segen die Mauer aus Holz und den Kindern.
Wart nicht getrost auf die Reiter, auch nicht auf die Masse des Fußvolks,
Wenn auf dem Festland es nahet. Nein, weiche und kehr ihm den Rücken!
Kommen wird noch die Stunde, da wirst du die Stirne ihm bieten.
Göttliches Salamis! Söhne von Weibern wirst du vernichten,
Wenn der Demeter Frucht man säet oder auch erntet."

(142) Das erschien — und war es auch — ihnen milder als

das erste Orakel. Sie schrieben es auf und kehrten nach Athen zurück. Wie die Orakelbefrager heimgekehrt waren und die Nachricht vor das Volk brachten, da suchte man das Orakel zu deuten, wobei sich viele Auslegungen ergaben. Die maßgeblichsten, die sich gegenüberstanden, waren folgende: Von den älteren Leuten sagten einige, sie hätten die Auffassung, daß der Gott geweissagt habe, die Akropolis werde erhalten bleiben. Denn die Akropolis war seit alter Zeit mit einer Dornhecke umzäunt. Sie schlossen also, daß mit der hölzernen Mauer diese Umzäunung gemeint sei. Die anderen wiederum sagten, der Gott weise auf die Schiffe hin, und forderten dazu auf, diese instandzusetzen und alles andere beiseitezulassen. Diejenigen nun, die behaupteten, mit der hölzernen Mauer seien die Schiffe gemeint, wurden durch die beiden letzten Verse, die die Pythia gesprochen hatte, irregemacht:

„Göttliches Salamis! Söhne von Weibern wirst du vernichten,
Wenn der Demeter Frucht man säet oder auch erntet.“

Diese Worte waren es, durch die die Deutungen derer erschüttert wurden, die meinten, unter den hölzernen Mauern seien die Schiffe zu verstehen. Denn die Orakeldeuter faßten sie dahin auf, daß sie bei Salamis unterliegen müßten, wenn sie sich zu einer Seeschlacht rüsten würden.

(143) Es war aber bei den Athenern ein Mann, der seit kurzem unter die ersten Männer des Staates gerechnet wurde[57]. Er hieß Themistokles und wurde Sohn des Neokles genannt. Dieser Mann sagte, die Erklärung der Orakeldeuter sei nicht ganz richtig und führte dazu folgendes aus: Wenn in Wirklichkeit der verkündete Spruch sich auf die Athener beziehe, so hätte er nach seiner Meinung nicht so milde gelautet, sondern folgendermaßen: „Schreckliches Salamis“ anstatt „göttliches Salamis“, wenn anders es bestimmt sei, daß die Bewohner bei der Insel umkommen. Vielmehr sei der von dem Gott verkündigte Spruch auf die

Feinde zu beziehen, wofern man ihn richtig auslege, und nicht auf die Athener. Er riet daher, sich zu rüsten, um auf den Schiffen zu kämpfen, denn unter diesen sei die hölzerne Mauer zu verstehen. Als Themistokles dahin seine Meinung kundtat, kamen die Athener zu der Erkenntnis, daß es besser sei, sich diese Deutung zu eigen zu machen als die der Orakeldeuter, die davon abrieten, sich auf eine Seeschlacht vorzubereiten, und meinten, man solle überhaupt keine Hand gegen den Feind erheben, sondern das attische Land verlassen und irgendwo anders sich ansiedeln.

(144) Schon ein anderer Antrag des Themistokles hatte sich zuvor zur rechten Zeit durchgesetzt. In dem Staatsschatz hatte sich für die Athener eine Menge Geld angesammelt, das ihnen aus den Bergwerken von Laurion[58] einging und wovon jeder Bürger pro Kopf zehn Drachmen erhalten sollte. Damals hatte Themistokles die Athener beredet, diese Verteilung einzustellen und von diesem Geld zweihundert Schiffe für den Krieg zu bauen, wobei er den Krieg gegen die Aigineten vorschützte. Der damals ausgebrochene Krieg rettete jetzt Hellas, weil er die Athener gezwungen hatte, Seeleute zu werden. Diese zweihundert Schiffe wurden zwar für den Zweck, für den sie gebaut wurden, nicht mehr verwendet, sie kamen aber so für Griechenland gerade recht. Diese Schiffe also, die von den Athenern schon vorher gebaut worden waren, standen ihnen jetzt zur Verfügung. Es mußten aber noch weitere gebaut werden. Und sie beschlossen in einer Beratung, die sie im Anschluß an den Orakelspruch abhielten, mit ihrem gesamten Schiffsaufgebot den gegen Hellas heranziehenden Barbaren entgegenzutreten und damit dem Gott zu willfahren, und dazu alle Hellenen, die guten Willens seien, zuzuziehen.

(145) Dies waren also die Orakelsprüche, die den Athenern zuteil geworden waren. Als aber alle Hellenen, die gegenüber Hellas ihre bessere Gesinnung bewiesen, an demselben Sammelplatz[59] sich eingefunden hatten, um sich über

die Lage zu besprechen und sich gegenseitig Treue zu geloben, da beschlossen sie bei ihrer Beratung, zuallererst die Feindschaften, die untereinander bestanden, und die Kriege, die sie gegeneinander führten, beizulegen. Sie waren aber auch gegen einige andere in Krieg verwickelt, wovon der bedeutendste der der Athener gegen die Aigineten[60] war. Hernach, als sie erfuhren, daß Xerxes mit seinem Heer in Sardes sei, beschlossen sie, Leute nach Asien zu schicken, um die Lage des Großkönigs auszukundschaften, ferner Boten nach Argos, um gegen die Perser eine Kampfgemeinschaft zu verabreden, und weitere nach Sizilien zu Gelon[61], dem Sohn des Deinomenes, und nach Kerkyra[62] mit der Aufforderung, Hellas zu Hilfe zu kommen, wieder andere nach Kreta. Sie ließen sich dabei von dem Gedanken leiten, ob vielleicht das gesamte Hellenentum sich einheitlich zusammenschließe, da ja die Gefahren gleichermaßen allen Hellenen drohten. Von der Macht Gelons erzählte man sich, daß sie groß sei und in keinem Vergleich zu irgendeiner hellenischen stehe ...

(148—171) Unverrichteterdinge kehrt die Gesandtschaft nach Argos zurück. Herodots Urteil über Argos. Gesandtschaft zu Gelon und nach Kreta. Vorgeschichte von Kreta.

Die Hellenen schicken ein Hilfsheer nach Thessalien und besetzen den Tempepaß

(172) Die Thessaler waren die ersten, die gezwungen auf die Seite der Meder traten ...

Sobald sie nämlich erfuhren, daß der Perser im Begriff war, nach Europa hinüberzugehen, schickten sie Boten zum Isthmus. Dort waren die Sprecher von Hellas versammelt, die von den Städten ausgewählt waren, die eine bessere Gesinnung gegenüber Hellas hegten. Als die Boten der Thessaler zu ihnen kamen, sagten sie: „Hellenische Männer! Man muß den Paß am Olymp bewachen, damit Thessalien und ganz Hellas vor dem Krieg geschützt ist. Was nun uns betrifft, so sind wir bereit, uns an der Bewachung zu beteiligen, nur müßt auch ihr ein starkes Heer schicken. Tut ihr das nicht, so nehmt zur Kenntnis, daß wir uns mit dem Perser verständigen werden! Es ist ja, fürwahr, nicht erforderlich, daß wir, die wir so weit vor dem übrigen Hellas allein auf der Wacht stehen, für euch zugrunde gehen. Wollt ihr aber kein Hilfsheer schicken, so seid ihr nicht imstande, uns gegenüber irgendeinen Zwang auszuüben. Denn die Unmöglichkeit hat sich noch immer stärker als jeder Zwang erwiesen. Wir werden dann aber versuchen, irgendeinen Weg der Rettung ausfindig zu machen."

(173) Dies waren die Worte der Thessaler. Die Hellenen aber faßten daraufhin den Beschluß, auf dem Seeweg nach Thessalien ein Landheer zu schicken, um den Paß zu bewachen. Als das Heer sich versammelt hatte, fuhr es durch den Euripos. In Alos[63] in Achaia angekommen, ging es an Land und marschierte nach Thessalien, während es die Schiffe an der Landestelle ließ. Es kam an dem Paß an, der von dem unteren Makedonien nach Thessalien führt und zwischen den Bergen Olympos und Ossa liegt. Dort hatten sich von den Hellenen ungefähr zehntausend Schwerbewaffnete versammelt und ein Lager bezogen. Zu ihnen stieß die thessalische Reiterei. Der Feldherr der Lakedaimonier war Euainetos, der Sohn des Karenos, der aus den Polemarchen[64] ausgewählt, jedoch nicht königlichen Geblüts war; der Feldherr der Athener war Themistokles, der Sohn des Neokles. Die Hellenen blieben jedoch nur einige Tage dort. Denn es kamen von Alexandros, dem Sohn des Amyntas, einem Makedonier[65], Boten und rieten ihnen, abzuziehen und nicht in dem Paß zu bleiben, wo sie doch nur von dem heranziehenden Feind niedergewalzt würden. Damit wiesen sie auf die Masse des Heeres hin und auch auf die Schiffe. Wie sie ihnen dies rieten, stimmten sie zu (der Rat, den sie gaben, schien ja auch brauchbar, und zugleich erweckte der Makedonier

den Eindruck einer wohlwollenden Gesinnung). Wie ich aber glaube, war der Grund zu dieser Zustimmung Furcht. Sie hatten nämlich erfahren, daß ein weiterer Paß nach Thessalien durch das obere Makedonien durch das Gebiet der Perrhaiber bei der Stadt Gonnos[66] führe, ein Paß, den dann auch das Heer des Xerxes benützte. Da bestiegen die Hellenen wieder ihre Schiffe und fuhren zum Isthmus zurück.

(174) Dieser Zug der Hellenen erfolgte zu einer Zeit, da der Großkönig im Begriff war, von Asien nach Europa hinüberzugehen, und sich bereits in Abydos befand. Als die Thessaler von ihren Bundesgenossen im Stich gelassen waren, in dieser Lage erst stellten sie sich entschieden und nicht mehr schwankend auf die Seite der Meder und erwiesen sich in der Folge dem Großkönig bei seinen Unternehmungen als äußerst nützliche Männer.

Verteidigungsplan der Hellenen
Thermopylai und Artemision

(175) Als die Hellenen am Isthmus ankamen, hielten sie im Hinblick auf die Botschaft des Alexandros eine Beratung ab, in welcher Form und in welchen Gegenden sie den Krieg führen sollten. Die Ansicht, die die Oberhand gewann, ging dahin, den Paß bei Thermopylai zu bewachen. Denn er stellte sich als schmaler dar als der nach Thessalien und war zugleich der einzige. Auch lag er ihrem eigenen Land näher. Von dem Vorhandensein des Fußpfades, der dazu führte, daß die Hellenen bei Thermopylai überwältigt wurden, hatten sie nicht einmal Kenntnis, sondern erfuhren von ihm erst, als die Trachinier[67] nach Thermopylai kamen. Sie beschlossen also, diesen Paß zu bewachen und die Barbaren nicht nach Hellas hindurchziehen zu lassen. Die Flotte aber sollte in Richtung auf Artemision, das zu dem Gebiet der Stadt Hestiaia gehört, fahren. Denn Thermopylai und

Artemision liegen so nahe beieinander, daß man sich über die beiderseitigen Vorgänge verständigen kann. Die beiden Orte haben folgende Lage.

(176) Zuerst Artemision! Von dem thrakischen Meer gelangt man in einen schmalen Sund zwischen der Insel Skiathos und dem auf dem Festland liegenden Magnesia. An den Sund schließt sich auf Euboia unmittelbar Artemision[68] an, d. h. das Küstengebiet, an dem sich ein Heiligtum der Artemis befindet. Der Zugang andererseits durch Trachis nach Hellas ist an der engsten Stelle ein halbes Plethron breit. Freilich ist nicht dies die engste Stelle von der ganzen sonstigen Gegend, sondern diese befindet sich vor und hinter Thermopylai. Hinter Alpenoi, das dahinter liegt, kann nur ein einziger Wagen fahren, und davor beim Flusse Phoinix nahe der Stadt Anthela auch nur ein einziger Wagen. Die Westseite von Thermopylai bildet ein einziges, steil abfallendes Gebirge, das sich hoch erhebt und sich bis zum Oita hinzieht. Im Osten aber schließt sich unmittelbar an die Straße das Meer und ein Sumpfgebiet an. In diesem Paß befinden sich warme Bäder, von den Einheimischen „Chytroi"[69] genannt. Auch ein Altar des Herakles ist bei ihnen errichtet. Es war in diesem Paß auch eine Mauer aufgeführt, und vor Zeiten befanden sich in ihr Tore. Der Anlaß zum Bau dieser Mauer war Furcht gewesen, als Thessaler aus dem thesprotischen Lande kamen, um das aiolische Land[70] zu besiedeln, das sie ja auch jetzt noch besitzen. Denn da die Thessaler sie zu unterwerfen versuchten, hatten sich die Phoker dagegen gesichert und damals das heiße Wasser in den Paß abgeleitet, damit die Gegend durch Gießbäche zerklüftet werde, wobei sie alle erdenklichen Mittel ersannen, um den Einfall der Thessaler in ihr Land zu verhindern. Die alte Mauer war also vor langen Zeiten erbaut. Der größte Teil von ihr war bereits im Laufe der Zeit eingefallen. Nun beschlossen sie, die Mauer wieder aufzubauen und dort die Barbaren von Hellas abzuwehren. Ganz nahe an der Straße liegt ein Dorf

namens Alpenoi, aus dem die Hellenen sich zu verproviantieren gedachten.

(177) Diese Plätze schienen also den Hellenen geeignet zu sein. Sie hatten alles im voraus ausgekundschaftet und bedacht, daß die Barbaren weder von ihrer Übermacht noch von ihrer Reiterei Gebrauch machen könnten. Deshalb beschlossen sie, dort den heranziehenden Feind zu erwarten. Als sie erfuhren, daß die Perser in Pieria waren, trennten sie sich, und die einen zogen von dem Isthmus zu Lande nach Thermopylai, die anderen nahmen den Seeweg nach Artemision.

(179—187) Fahrt der Flotte bis Artemision. Berechnung der gesamten persischen Streitmacht, der Flotte und des Landheeres.

(188) Schiffbruch der persischen Flotte am Vorgebirge Sepias.

(189—195) Aufstellung der hellenischen Flotte bei Artemision, der persischen bei Aphetai.

(196 f.) Zug des Xerxes durch Thessalien bis Achaiia und Malis. Der Zeus Laphystios und sein Heiligtum in Halos.

(198) Von Thessalien und Achaiia zog Xerxes nach Malis dem Meerbusen entlang, in dem Ebbe und Flut jeden Tag eintritt[71]. Rings um den Meerbusen befindet sich flaches Land, das auf der einen Seite breit, auf der anderen Seite recht schmal ist. Ringsum umschließen hohe, unzugängliche Berge das ganze Land von Malis. Sie heißen „Trachinische Felsen"[72]. Die erste Stadt nun an dem Meerbusen ist Antikyra, wenn man von Achaiia kommt. Bei ihr mündet der Spercheios, der von den Ainianen herkommt, ins Meer. Von ihm etwa zwanzig Stadien entfernt ist ein weiterer Fluß, namens Dyras, der, wie die Sage geht, dem in Flammen stehenden Herakles erschienen sei, um ihm zu helfen. Von diesem, nochmals zwanzig Stadien entfernt, ist ein weiterer Fluß namens Melas.

(199) Die Stadt Trachis ist von diesem Melas fünf Stadien

entfernt. Dort ist auch die breiteste Stelle dieses ganzen Landes, gemessen von dem Bergland bis zum Meere, wo Trachis liegt: Zweiundzwanzigtausend Plethren ist die Ebene breit. In dem Gebirge, das das trachiniche Land umschließt, befindet sich südlich von Trachis eine Schlucht, durch die der Asoposfluß strömt entlang dem Fuß des Gebirges.

(200) Es gibt noch einen weiteren Fluß, den Phoinix; er ist nicht groß und befindet sich südlich von dem Asopos, kommt von dem dortigen Gebirge und mündet in den Asopos. An dem Phoinix ist die schmalste Stelle [73]. Die dort angelegte Straße ist nur mit *einem* Wagen befahrbar. Von dem Phoinix sind es fünfzehn Stadien bis nach Thermopylai. Zwischen dem Phoinix und Thermopylai liegt ein Dorf namens Anthela, an dem der Asopos vorbeifließt und dann ins Meer mündet. Rings um das Dorf ist die Gegend breit, wo ein Heiligtum der amphiktyonischen Artemis erbaut ist und wo sich die Sitze der Amphiktyonen befinden und ein Heiligtum des Amphiktyon [74] selbst.

(201) König Xerxes schlug nun ein Lager bei Trachis im malischen Land, die Hellenen aber in dem Paß auf. Diese Gegend trägt bei den meisten Hellenen den Namen Thermopylai, bei den Einheimischen und den Umwohnern Pylai. Es hatten also beide Parteien in diesen Gegenden ihr Lager, die eine verfügte über das ganze nördliche Gebiet bis Trachis, die andere über das südlich gelegene, soweit es sich um das Festland handelt. Es waren folgende Hellenen, die den Perser in dieser Gegend erwarteten: von den Spartiaten dreihundert Hopliten, von den Tegeaten und Mantineern tausend, je hälftig, von Orchomenos in Arkadien einhundertundzwanzig, aus dem übrigen Arkadien tausend. So viele waren es der Arkader. Von Korinth kamen vierhundert, von Phlius zweihundert und von Mykenai zweihundert. Diese erschienen aus der Peloponnes. Von den Boiotern waren es siebenhundert aus Thespiai und vierhundert aus Thebai.

(203) Dazu kamen noch die opuntischen Lokrer [75], die mit

ihrem gesamten Heerbann aufgerufen waren, und tausend Phoker[76]. Sie waren von den Hellenen ihrerseits zu Hilfe gerufen worden, und diese hatten ihnen dabei durch Boten sagen lassen, sie seien nur als Vortrupp der übrigen da, während die übrigen Bundesgenossen jeden Tag erwartet würden. Die See sei bei ihnen in sicherer Hut, da dort die Athener Wache hielten und die Aigineten und die anderen, die für die Seestreitkräfte bestimmt worden seien. Und so liege für sie keinerlei Gefahr vor. Es sei ja auch kein Gott, der gegen Hellas heranrücke, sondern auch nur ein Mensch. Und es gebe keinen Sterblichen und werde es nicht geben, dem nicht in buntem Wechsel Glück und Unglück zugeteilt worden sei. Je höher einer stehe, um so größer sei das Unglück. Daher müsse auch der heranziehende Feind, da er nur ein Sterblicher sei, aus seinem Wahne fallen. Als sie dies hörten, kamen sie nach Trachis zu Hilfe.

(204) Jede Stadt hatte nun ihren eigenen Heerführer. Der am meisten bewunderte und der Feldherr des Gesamtheeres war Leonidas, der Sohn des Leon, der in Sparta unerwartet die Königswürde erlangt hatte ...

(205) ... Er zog damals nach Thermopylai mit den durch das Gesetz bestimmten „Dreihundert“[77], die er sich auserlesen hatte. Es waren lauter Männer, die Söhne besaßen. Mit diesen gelangte er dorthin und hatte auch die Thebaner mitgenommen, die ich bei der Aufzählung angegeben habe. Ihr Feldherr war Leontiades, der Sohn des Eurymachos. Der Grund, weshalb sich Leontiades beeilte, diese allein von den Hellenen mitzunehmen, lag darin, daß diese unter der schweren Beschuldigung standen, es mit den Medern zu halten. Er hatte sie also deshalb aufgerufen, sich an dem Feldzug zu beteiligen, weil er wissen wollte, ob sie sich an dem Aufgebot beteiligen oder ob sie sich unverhüllt von der hellenischen Kampfgenossenschaft lossagen würden. Aber sie beteiligten sich an dem Aufgebot, obgleich sie anders gesinnt waren.

(206) Diese Mannschaft unter Leonidas war die erste, die die Spartaner ausschickten, damit die anderen Bundesgenossen sie sehen und ihrerseits mitziehen und damit nicht auch diese es mit den Medern hielten, wenn sie erführen, daß sie selbst säumig wären. Hernach — das Karneenfest[78] stand ihnen nämlich im Wege — wollten sie nach dem Fest unter Zurücklassung einer Wachmannschaft in Sparta beschleunigt mit dem gesamten Aufgebot zu Hilfe kommen. So hatten auch die übrigen Bundesgenossen im Sinne, auch ihrerseits gleichermaßen zu handeln. Denn das olympische Fest fiel in dieselbe Zeit wie diese Ereignisse. Sie nahmen also nicht an, daß der Kampf bei Thermopylai so rasch entschieden werde, und sandten nur den Vortrupp aus.

(207) Diese hatten also im Sinne, so vorzugehen. Die Hellenen aber bei Thermopylai schwebten, als der Perser sich dem Passe näherte, in großer Furcht und berieten sich, ob sie nicht abziehen sollten. Während nun die übrigen Peloponnesier der Auffassung waren, man solle zur Peloponnes abziehen und den Isthmus bewachen, trat Leonidas dafür ein, da die Phoker und die Lokrer sich über diese Meinung sehr entrüsteten, dazubleiben und Boten in die Städte zu schicken mit der Aufforderung, ihnen zu Hilfe zu kommen, da sie für sich allein zu wenige seien, um das Heer der Meder abzuwehren.

Die Kämpfe um Thermopylai

(208) Während sie darüber berieten, schickte Xerxes einen berittenen Späher ab, um nachzuschauen, wie viele sie seien und was sie treiben. Er hatte, solange sie noch in Thessalien gewesen waren, gehört, daß hier nur eine geringe Streitmacht versammelt sei und daß Lakedaimonier mit Leonidas, dem Sproß aus dem Herakleidengeschlecht, die Führung hätten. Wie der Reiter an das Lager heranritt, sah und

beschaute er nicht das ganze Lager. Denn es war nicht möglich, die Abteilungen, die innerhalb der von ihnen aufgerichteten und bewachten Mauer standen, zu erblicken. Er bemerkte nur die draußen stehenden Abteilungen, die vor der Mauer ihre Waffen liegen hatten. Gerade zu dieser Zeit waren die Lakedaimonier außen in Stellung gegangen. Er sah nun, wie die einen der Männer sich übten, die anderen sich die Haare kämmten. Diese beschaute er sich nun, wunderte sich und merkte sich ihre Zahl. Wie er sich alles genau gemerkt hatte, ritt er in aller Ruhe wieder zurück. Denn niemand verfolgte ihn und er fand keinerlei Beachtung. Nach seiner Rückkehr berichtete er dem Xerxes alles, was er gesehen hatte.

(209) Als Xerxes es hörte, konnte er nicht vermuten, was in Wirklichkeit vor sich ging, nämlich, daß sie sich darauf vorbereiteten zu kämpfen, entschlossen zu fallen und nach Möglichkeit die Feinde zu vernichten. Vielmehr kam ihm ihr Treiben lächerlich vor. Und so ließ er den Demaratos, den Sohn des Ariston, der sich bei seinem Heere befand, kommen. Wie dieser bei ihm war, befragte ihn Xerxes über jede Einzelheit und wollte erfahren, was eigentlich bei den Lakedaimoniern vor sich gehe. Demaratos erklärte: „Du hast schon früher, als wir gegen Hellas aufgebrochen sind, von mir über diese Männer gehört. Daraufhin hast du mich ausgelacht, als ich dir erklärte, wie ich den Ausgang dieser Unternehmungen ansah. Es ist ja, Großkönig, mein heißestes Bemühen, dir gegenüber der Wahrheit die Ehre zu geben. Höre darum auch jetzt auf mich! Diese Männer sind hierher gekommen, um mit uns um den Engpaß zu kämpfen, und dies ist es, worauf sie sich vorbereiten. Denn das ist bei ihnen fester Brauch: wenn sie entschlossen sind, ihr Leben im Kampfe einzusetzen, dann schmücken sie sich ihr Haupt. Sei überzeugt, wenn du diese hier und den Teil, der in Sparta noch zurückgeblieben ist, bezwingst, dann gibt es kein anderes Volk auf der Welt, das gegen dich, Groß-

könig, noch die Hände erhebt und dir Widerstand leistet. Es ist die herrlichste Königsherrschaft und es sind die tüchtigsten Männer, gegen die du dich jetzt wendest." Ganz unglaublich erschien nun dem Xerxes, was ihm vorgetragen wurde, und er fragte zum zweitenmal, auf welche Weise denn diese Minderheit mit seinem Heer werde kämpfen können. Demaratos erwiderte: „Großkönig! Behandle mich wie einen Lügner, wenn dies nicht so ausgeht, wie ich sage!"

(210) Mit diesen seinen Worten konnte er den Xerxes nicht umstimmen. Dieser ließ nun vier Tage verstreichen, wobei er immer noch hoffte, sie würden davonlaufen. Am fünften Tage aber, als sie nicht abzogen, sondern er den Eindruck hatte, sie seien so frech und töricht, dazubleiben, geriet er in Wut und schickte gegen sie medische und kissische Truppen mit dem Auftrag, sie lebendig gefangenzunehmen und ihm vor Augen zu führen. Als aber die Meder heranstürmten und über die Hellenen herfielen, da erlitten sie schwere Verluste. Andere rückten nach und wichen nicht zurück, obwohl sie schwere Verluste erlitten. Sie taten damit jedermann und nicht zuletzt dem Großkönig kund, daß es bei ihnen wohl viele Menschen, aber nur wenige Männer gab. Das Ringen zog sich den ganzen Tag hin.

(211) Die Meder wurden hart mitgenommen und zogen sich daraufhin zurück. An ihrer Stelle rückten die Perser heran, die der Großkönig „die Unsterblichen" nannte und deren Führer Hydarnes war. Von ihnen nahm er an, daß sie leicht über den Feind Herr würden. Als auch diese mit den Hellenen ins Handgemenge kamen, richteten sie gerade so wenig aus wie die medischen Truppen, vielmehr erging es ihnen gerade so, da sie, in dem engen Paß kämpfend und mit kürzeren Speeren ausgerüstet als die Hellenen, von ihrer Übermacht keinen Gebrauch machen konnten. Die Lakedaimonier aber lieferten einen rühmlichen Kampf, wobei sie klar erwiesen, daß sie tapfer zu kämpfen ver-

standen, während bei ihren Gegnern dies nicht der Fall war, und jedesmal wenn sie kehrtmachten, flohen scheinbar alle miteinander, die Barbaren aber rückten, wenn sie sie fliehen sahen, mit Geschrei und Lärm an, während die Hellenen, sobald sie eingeholt waren, sich umwendeten, um den Barbaren die Stirne zu bieten. Wenn sie aber kehrtmachten, brachten sie unzählige Perser zur Strecke. Dabei fielen auch einige der Spartiaten. Wie die Perser nun an dem Paß keinen Fußbreit Raum gewinnen konnten, obwohl sie in einzelnen Abteilungen und mit gesamter Mannschaft anzugreifen versuchten, zogen sie sich zurück.

(212) Während bei diesen Angriffen, so wird erzählt, der Großkönig zuschaute, sprang er dreimal von seinem Sessel auf, weil es ihm um sein Heer bange wurde. So rangen sie an diesem Tage miteinander. Und am folgenden kämpften die Barbaren keineswegs erfolgreicher. Denn da sie nur wenige Gegner hatten, gaben sie sich bei ihrem Angriff der Hoffnung hin, diese seien durch Verluste schwer geschwächt und nicht mehr imstande, gegen sie auch nur die Hände zu erheben. Die Hellenen aber standen in Reih und Glied stammesweise geordnet, und jede einzelne Abteilung kämpfte in Ablösung, ausgenommen die Phoker. Diese hatten oben auf dem Berg Stellung bezogen, um den Fußpfad zu bewachen. Als aber die Perser feststellten, daß die Lage genau die gleiche war, wie sie sich ihnen am Tag zuvor dargeboten hatte, zogen sie sich zurück.

(213) Nun wußte der Großkönig nicht, was er in seiner Lage anfangen sollte. Da kam Ephialtes, der Sohn des Eurydemos, ein Mann aus Malis, zu ihm zu einer Unterredung, und in der Erwartung, von dem Großkönig eine reichliche Belohnung zu erhalten, verriet er ihm den über das Gebirge nach Thermopylai führenden Fußpfad und gab so die dort Widerstand leistenden Hellenen dem Verderben preis. Später floh er aus Furcht vor den Lakedaimoniern nach Thessalien und von den Pylagoren, d. h. von den in Pylai

sich versammelnden Amphiktyonen[79], wurde ein Preis auf den Kopf des Flüchtigen ausgesetzt. Später kehrte er nach Antikyra[80] heim und wurde von Athenades aus Trachis ermordet. Aber dieser Athenades brachte den Ephialtes aus einem anderen Grund um, den ich in meinen späteren Berichten kundtun will. Allerdings wurde ihm trotzdem von den Lakedaimoniern der Preis zugesprochen . . .

(215) Xerxes war mit dem Anerbieten des Ephialtes einverstanden, und hocherfreut darüber schickte er sofort den Hydarnes und die ihm unterstellte Truppe ab. Dieser brach mit Einbruch der Dunkelheit aus dem Lager auf. Diesen Fußpfad hatten die einheimischen Malier ausfindig gemacht und auf ihm die Thessaler gegen die Phoker geführt, damals als die Phoker den Paß mit einer Mauer versperrten und sich so gegen den feindlichen Einmarsch schützten. Seitdem hatte es sich allerdings deutlich erwiesen, daß dieser Fußpfad den Maliern zu nichts nütze war.

(216) Dieser Fußpfad verläuft folgendermaßen: Er beginnt bei dem Asopos, der durch die Schlucht fließt. Der Name dieses Berges und der des Fußpfades ist der gleiche: Anopaia[81]. Dieser Anopaia führt über den Bergrücken hin und endigt bei der Stadt Alpenos, die die erste der lokrischen Städte ist, wenn man von den Maliern her kommt, sowie bei dem Melampygos[82] genannten Stein und bei den Sitzen der Kerkopen[83], wo auch die schmalste Stelle ist.

(217) Auf diesem Fußpfad also, der so verläuft, zogen die Perser nach der Durchschreitung des Asopos während der ganzen Nacht. Zur Rechten hatten sie das Oitagebirge, zur Linken das Trachinische. Wie nun die Morgenröte erschien, gelangten sie auf die Berghöhe. An diesem Punkt des Gebirges hielten, worauf ich schon früher hingewiesen habe, tausend Hopliten der Phoker Wache, um ihr eigenes Land zu schützen und den Fußpfad besetzt zu halten. Der weiter unten liegende Paß wurde von den bereits genannten Truppen bewacht, während die Bewachung des durch das

Gebirge führenden Fußpfades die Phoker freiwillig dem Leonidas gegenüber angeboten und übernommen hatten.

(218) Die Phoker merkten nun, daß die Perser den Berg erstiegen hatten, auf folgende Weise: den Aufstieg hatten die Perser unbemerkt durchgeführt, da der Berg dicht mit Eichen bestanden war. Es war gerade Windstille. Als aber ein starkes Geräusch entstand, da Blätter unter ihren Füßen natürlicherweise ausgebreitet waren, sprangen die Phoker auf und legten ihre Rüstung an, und gleich waren auch die Barbaren da. Als sie aber Männer sahen, die ihre Rüstung anlegten, gerieten diese in Staunen. Sie hatten geglaubt, es werde sich ihnen kein feindlicher Widerstand entgegenstellen, und stießen nun auf einen Heerhaufen. Da erschrak Hydarnes bei dem Gedanken, die Phoker möchten Lakedaimonier sein, und fragte den Ephialtes, aus welchem Land der Heerhaufen stamme. Wie er dies genau erfuhr, stellte er die Perser wie zu einer Schlacht auf. Die Phoker wurden von einem dichten Pfeilhagel überschüttet und flüchteten auf die Bergkuppe in der Überzeugung, daß sich der Zug überhaupt nur gegen sie gerichtet habe, und machten sich auf den Tod gefaßt. So dachten diese. Die Perser aber mit Ephialtes, die unter dem Kommando von Hydarnes standen, beachteten die Phoker überhaupt nicht, vielmehr stiegen sie in aller Eile den Berg hinunter.

(219) Den Hellenen, die bei Thermopylai waren, hatte zuerst der Seher Megistios nach der Betrachtung der Opfer verkündigt, daß sie mit dem Morgengrauen den Tod finden würden. Dazu kamen noch Überläufer, die die Umgehung durch die Perser meldeten. Diese hatten noch während der Nacht die Kunde gebracht. Als dritte liefen die Posten von den Höhen herunter, gleich als der Tag anbrach. Da berieten sich die Hellenen, und sie waren geteilter Meinung. Die einen weigerten sich, die Stellung zu verlassen, die anderen wehrten sich dagegen. Darauf trennten sie sich. Der eine Teil zog ab und zerstreute sich, wobei jeder in seine

Stadt heimkehrte, der andere Teil mit Leonidas war entschlossen, an Ort und Stelle zu bleiben.

(220) Man erzählt sich aber auch, daß Leonidas sie persönlich fortgeschickt habe, da er dafür besorgt war, daß sie nicht den Tod fänden. Ihm aber und den Spartiaten, die sich bei ihm befanden, stehe es wohl nicht an, die Stellung zu verlassen, in die sie eingerückt seien ausdrücklich, um sie zu halten. Dieser Meinung pflichte ich durchaus bei, ja ich gehe noch weiter und sage, daß Leonidas, als er merkte, daß die Bundesgenossen es an gutem Willen fehlen ließen und nicht entschlossen waren, mit ihm in dem Kampfe durchzuhalten, ihnen befohlen habe, sich zu entfernen, während es für ihn unehrenhaft sei abzuziehen. Dadurch aber, daß er hier ausharrte, hat er sich bei der Nachwelt großen Ruhm erworben, und Spartas Glück wurde dadurch nicht ausgelöscht. Denn es war von der Pythia den Spartiaten, die gleich zu Beginn bei Ausbruch des Krieges über diesen Krieg das Orakel befragt hatten, geweissagt worden, entweder werde Lakedaimon vernichtet von den Barbaren oder es werde ihr König umkommen. Dies hatte sie ihnen in hexametrischen Versen geweissagt, die folgendermaßen lauteten:

„Euch, ihr Bewohner von Sparta und seinen geräumigen Plätzen,
Wird die große, die herrliche Stadt von den Söhnen des Perseus
Ausgetilgt. Sollt' es nicht sein, dann wird den Herakles-Enkel,
Den gefallenen König, betrauern das Land Lakedaimon.
Ihn wird im Kampf nicht des Stieres Gewalt und auch nicht des Löwen
Hemmen. Ja, er besitzt die Kräfte des Zeus, und ich sage:
Halten läßt er sich nicht, bis er einen von beiden zerrissen."

Daran dachte gewiß Leonidas, und da er den Spartiaten

allein Ruhm zuwenden wollte, ist eher anzunehmen, daß er die Bundesgenossen wegschickte, als daß diese sich entzweit hätten und so ohne Ordnung davongelaufen wären.

(221) Für diese Auffassung hat sich mir auch folgendes nicht als geringster Beweis ergeben: Leonidas hat auch den Seher, der mit in diesen Krieg gezogen war, den Akarnaner Megistios, von dem man behauptet, er stamme ursprünglich von Melampos[84] ab, eben den, der aus den Opfern geweissagt hatte, wie ihnen alles ausgehen werde, offensichtlich weggeschickt, damit er nicht mit ihnen zusammen den Tod finde. Aber obgleich er weggeschickt wurde, ließ er den Leonidas doch nicht im Stich. Nur seinen Sohn, der mit ihm sich bei dem Heere befand und der sein einziger war, schickte er weg.

(222) Die weggeschickten Bundesgenossen zogen also ab und gehorchten dem Leonidas, die Thespier und Thebaner aber blieben allein bei den Lakedaimoniern. Von diesen taten es die Thebaner ungern und wider ihren Willen — denn Leonidas hielt sie fest und behandelte sie, als wären sie Geiseln —, die Thespier aber blieben ganz aus freien Stücken da und erklärten, sie würden Leonidas und seine Leute nicht im Stich lassen und abziehen; und so blieben sie da und fielen mit ihnen. Ihr Feldherr war Demophilos, der Sohn des Diadromas.

(223) Als Xerxes nach Sonnenaufgang ein Trankopfer dargebracht hatte, wartete er noch eine Zeitlang bis zu der Stunde, da der Markt sich füllt, und rückte dann heran. Denn so war es ihm von Ephialtes angeraten. Von dem Berg ist der Abstieg kürzer und das Gelände viel weniger ausgedehnt als der Weg um den Berg und der Aufstieg. Die Barbaren also unter Xerxes rückten heran. Leonidas aber und seine Hellenen rückten in dem Bewußtsein, in den Tod zu gehen, nunmehr viel weiter als zu Beginn aus ihrer Stellung heraus an die breitere Stellung der Schlucht vor. Denn die Schutzwehr der Mauer war in den vorausgegange-

nen Tagen von dem einen Teil bewacht worden, während die anderen in das Engpaßgelände unter dem Schutz der Mauer vorrückten und dort kämpften, jetzt aber kam es außerhalb des engen Geländes zum Handgemenge, wobei eine große Menge der Barbaren fiel. Denn hinter ihren Abteilungen standen die Befehlshaber mit Peitschen und hieben unter fortgesetztem Vorwärtstreiben auf jeden Mann ein. Viele von ihnen stürzten in das Meer und kamen um, noch viel mehr wurden lebendig in dem Gewühl niedergetreten. Und man schenkte dem Tode keine Beachtung. Denn da die Hellenen wußten, daß ihnen von seiten derer, die die Umgehungsbewegung über den Berg machten, ja doch der Tod beschieden sein werde, setzten sie alle Kraft, über die sie verfügten, gegen die Barbaren ein, ohne in ihrer Tollkühnheit ihr Leben zu schonen.

(224) Nun waren in diesem Zeitpunkt bereits den meisten von ihnen die Speere zerbrochen. Da machten sie mit dem Schwerte die Perser nieder. Und Leonidas fällt in diesem Ringen als ein Held und mit ihm weitere namhafte Spartiaten. Die Namen dieser Männer, die sich im Kampfe bewährt haben, habe ich erfahren, auch die der gesamten „Dreihundert“[85]. Auch von den Persern fielen hier zahlreiche namhafte Männer, darunter zwei Söhne des Dareios, Abrokomas und Hyperanthes, die von Phratagune, der Tochter des Atarnes, dem Dareios geboren waren. Atarnes war der Bruder des Königs Dareios und der Sohn des Hystaspes, des Sohnes des Arsames, der dem Dareios seine Tochter und dazu sein ganzes Vermögen gegeben hatte, weil diese Tochter sein einziges Kind war.

(225) Also fielen zwei Brüder des Xerxes hier bei dem Kampf um den Leichnam des Leonidas. Dabei kam es zu einem schweren Handgemenge zwischen den Persern und den Lakedaimoniern, bis es den Hellenen dank ihrer Tapferkeit gelang, den Leichnam wegzuschleppen und die Feinde viermal in die Flucht zu schlagen. Dieser Kampf hielt so

lange an, bis die Perser mit Ephialtes erschienen. Wie die Hellenen erfuhren, daß diese eingetroffen waren, von diesem Augenblick an bekam das Ringen ein anderes Gesicht. Denn nun wichen die Hellenen in die Wegenge zurück, wechselten die Stellung und gingen hinter die Mauer zurück, und alle anderen außer den Thebanern besetzten dichtgedrängt den Hügel. Der Hügel liegt an der Stelle des Passes da, wo jetzt der steinerne Löwe zu Ehren des Leonidas steht. In dieser Stellung wehrten sie sich mit ihren Schwertern, die ihnen noch übrig geblieben waren, und mit Händen und Zähnen. Aber sie wurden von den Geschossen der Barbaren überschüttet, von denen ein Teil ihnen auf den Fersen geblieben war und die schützende Mauer einriß, während der andere diese umging und von allen Seiten auf sie eindrang.

(226) Von den Lakedaimoniern und Thespiern, die sich so tapfer erwiesen, soll der heldenmütigste der Spartiate Dienekes gewesen sein. Man erzählt, er habe von einem der Leute aus Trachis gehört, wenn die Barbaren ihre Bogen abschießen, würden sie mit der Menge ihrer Pfeile — so groß sei diese — die Sonne verfinstern. Da habe er noch vor dem Kampf mit den Medern, ohne sich dadurch erschrecken zu lassen und ohne auf die Übermacht der Meder zu achten, ausgerufen, das sei ja alles ganz gut, was der Freund aus Trachis verkünde. Wenn die Meder die Sonne verdunkeln, dann würden sie im Schatten kämpfen und nicht in der Sonne. Diesen und noch andere derartige Aussprüche, die der Nachwelt erhalten blieben, soll der Lakedaimonier Dienekes getan haben.

(227) Nächst ihm sollen sich zwei Brüder aus Lakedaimon ausgezeichnet haben, Alpheos und Maron, Söhne des Orsiphantos. Unter den Thespiern tat sich am rühmlichsten hervor Dithyrambos, der Sohn des Harmatides.

(228) Sie wurden begraben an der Stelle, wo sie gefallen waren, und für sie sowie für diejenigen, die ihr Leben beendigt hatten, noch ehe die von Leonidas weggeschickten

Truppen abgezogen waren, ist eine Inschrift eingemeißelt, die also lautet:

„Einst vor Zeiten hier kämpften mit Myriaden dreihundert
Von dem Peloponnes ganze viertausend Mann."

Diese Inschrift ist also allen gewidmet, den Spartiaten aber eine besondere:

„Freund! Du mögest verkünden die Botschaft den Lakedaimoniern,
Daß wir hier liegen getreu ihrem heil'gen Gebot[86]."

Den Lakedaimoniern ist also diese Inschrift gewidmet, aber dem Seher folgende:

„Dies ist das Mal des berühmten Megistios, den einst die Meder
An dem Spercheiosstrom haben zu Fall gebracht.
Wohl erkannte der Seher, daß sich die Keren ihm nahen,
Spartas Führer ließ dennoch er nimmer im Stich."

Die Amphiktyonen sind es, die mit den Epigrammen und Säulen, abgesehen von dem Epigramm für den Seher, die Gefallenen geehrt haben; das Epigramm auf den Seher Megistios hat Simonides, der Sohn des Leoprepes, aus Freundschaft ihm gewidmet.

(229) Von Eurytos und Aristodemos, zweien, die zu den „Dreihundert" gehörten, wird folgendes erzählt: Es wäre ihnen möglich gewesen, falls sie eines Sinnes gewesen wären, entweder heil miteinander nach Sparta zurückzukehren, da sie durch Leonidas aus dem Lager entlassen waren und in Alpenoi an einer sehr schweren Augenerkrankung darniederlagen, oder, wenn sie nicht hätten heimkehren wollen, hätten sie zugleich mit den anderen den Tod finden können. Obgleich es ihnen frei stand, zwischen beiden Möglichkeiten zu wählen, wollten sie sich nicht auf eine Möglichkeit einigen, sondern waren geteilter Meinung. Eurytos hatte von der Umgehung der Perser erfahren, forderte seine Rüstung, legte sie an und befahl seinem Heloten, ihn zu den Kämpfenden zu führen. Dieser führte

ihn dorthin und lief dann davon, Eurytos aber stürzte sich in das Handgemenge und wurde erschlagen. Aristodemos jedoch blieb dank seinem mangelnden Mute am Leben. Wäre nun Aristodemos allein krank gewesen und nach Sparta heimgekehrt oder hätten sie auch beide ihre Heimkehr bewerkstelligt, so hätten die Spartiaten meiner Meinung nach keinen Groll gegen sie gefaßt. Beide hätten den gleichen Vorwand vorbringen können. So aber hatte der eine den Tod gefunden, während der andere sich auf keine andere Entschuldigung stützte und nicht sterben wollte. Und so ergab es sich zwangsläufig, daß die Lakedaimonier auf Aristodemos bitterböse waren.

(230) Die einen erzählen nun, Aristodemos habe sich auf diese Weise und unter diesem Vorwand nach Sparta gerettet, die anderen, aus dem Lager sei zu ihm ein Bote geschickt worden und es sei ihm möglich gewesen, rechtzeitig zum Beginn der Schlacht einzutreffen, aber er habe dies nicht wollen, sondern unterwegs gewartet. So sei er am Leben geblieben, während der ihn begleitende Bote in die Schlacht gekommen und gefallen sei.

(231) Als Aristodemos nach Lakedaimon heimgekehrt war, kam über ihn Schimpf und Schande. Er fiel der Ehrlosigkeit anheim, und es wurden folgende Maßnahmen gegen ihn verhängt: keiner der Spartiaten zündete ihm Feuer an[87] oder zog ihn ins Gespräch. Und es traf ihn das Schimpfwort „der zitternde Aristodemos“. Aber in der Schlacht bei Plataiai hat er die ganze Schuld, die er auf sich geladen hatte, getilgt.

(232) Es wird auch erzählt, daß noch ein anderer von diesen „Dreihundert“ — sein Name war Pantites —, der als Bote nach Thessalien geschickt worden war, am Leben geblieben sei. Der habe sich dann nach seiner Heimkehr nach Sparta, da er ehrlos geworden war, aufgehängt.

(233) Die Thebaner, deren Feldherr Leontiades war, kämpften eine Zeitlang in der Zwangslage, in der sie sich

befanden, Seite an Seite mit den Hellenen gegen das Heer des Großkönigs. Wie sie aber sahen, daß die Perser die Oberhand gewannen, da trennten sie sich von den unter Leonidas auf dem Hügel zusammengedrängten Hellenen, streckten die Hände aus und rückten näher an die Barbaren heran, wobei sie — was das wahrste aller Worte war — erklärten, sie seien medisch gesinnt und unter den ersten gewesen, die dem Großkönig Erde und Wasser gegeben hätten. Auch seien sie nur unter Zwang nach Thermopylai gekommen und seien unschuldig an dem Verlust, den der Großkönig erlitten habe. Und so retteten sie mit dieser Erklärung ihr Leben. Sie hatten nämlich auch an den Thessalern Zeugen für diese Behauptungen. Freilich hatten sie nicht in allem Glück. Denn als sie herankamen und die Barbaren sie in Empfang nahmen, wurden einige von ihnen beim Herankommen getötet, der Mehrzahl aber von ihnen wurden auf Befehl des Xerxes die königlichen Zeichen eingebrannt[88], beginnend mit dem Feldherrn Leontiades, dessen Sohn Eurymachos später die Plataier erschlugen, als er vierhundert Thebaner anführte und die Stadt der Plataier besetzte[89]. So haben die Hellenen bei Thermopylai gestritten.

Befragung des Demaratos durch Xerxes

(234) Xerxes ließ nun den Demaratos kommen und befragte ihn, wobei er folgendermaßen begann: „Demaratos! Du bist ein wackerer Mann. Dies darf ich daraus schließen, wie alles in Wirklichkeit verlaufen ist. Denn alles ist so eingetroffen, wie du gesagt hast. Jetzt aber sag mir, wie viele der übrigen Hellenen es denn sind und wie viele von ihnen so tüchtige Kriegsleute sind, viele oder gar alle." Demaratos erwiderte: „Großkönig! Groß ist die Menge aller Lakedaimonier und zahlreich sind ihre Städte. Was du wissen willst, sollst du erfahren. Es liegt in Lakedaimon die Stadt Sparta, und sie

zählt ungefähr achttausend Männer. Und diese sind alle denen, die hier gekämpft haben, gleichwertig. Die übrigen Lakedaimonier sind zwar diesen nicht gleichwertig, aber sie sind gleichfalls wackere Männer." Darauf sagte Xerxes: „Demaratos! Auf welche Weise können wir am mühelosesten über diese Männer Herr werden? Wohlan, lege es mir dar! Du bist ja der Mann, der ihre Machenschaften und Pläne kennt, und du bist doch ihr König geworden."

(235) Demaratos erwiderte: „Großkönig! Wenn du mich denn so ernstlich um Rat fragst, so ist es recht, daß ich dir den besten Rat kundtue. Du wirst am besten tun, wenn du von deiner Flotte dreihundert Schiffe zu dem lakonischen Land schickst. Vor diesem liegt eine Insel namens Kythera[90]. Von ihr sagt Chilon[91], der bei uns der weiseste Mann gewesen ist, es sei ein größerer Gewinn für die Spartiaten, wenn sie im Meer versinke, als wenn sie über das Meer herausrage. Dabei rechnete er immer irgendwie mit der Möglichkeit, daß sie den Ausgangspunkt bilden werde von einem solchen Unternehmen, wie ich es dir darlege. Er sah deinen Kriegszug zwar nicht voraus, sondern er befürchtete jeden Kriegszug ohne Unterschied. Von dieser Insel aus sollen die Lakedaimonier von deinen Truppen in Furcht versetzt werden. Werden sie von einem Krieg unmittelbar aus nächster Nähe bedroht, so wirst du in keiner Weise von ihnen zu befürchten haben, daß sie dem übrigen Hellas, wenn es von deiner Landmacht erobert wird, zu Hilfe kommen. Ist aber das übrige Hellas geknechtet, dann steht die lakonische Macht nunmehr geschwächt allein da. Wenn du aber dies nicht tust, so mußt du auf folgendes dich gefaßt machen. Zur Peloponnes führt eine schmale Landenge. An dieser Stelle hast du weitere, noch schwerere Kämpfe als die bisherigen mit allen Peloponnesiern zu erwarten, die gegen dich ein Eidbündnis geschlossen haben. Wenn du jedoch den anderen Weg wählst, wird dir dieser Isthmus mitsamt den Städten kampflos in die Hände fallen."

(236) Darauf ergriff Achaimenes, ein Bruder des Xerxes, der Befehlshaber der Flotte, der zu der Unterredung beigezogen war, in der Besorgnis, Xerxes möchte sich dazu überreden lassen, das Wort und sagte: „Großkönig! Ich sehe, daß du auf die Vorschläge eines Mannes eingehst, der dir einen Erfolg mißgönnt oder der sogar deine Sache verrät. Es wenden ja offensichtlich die Hellenen gerne solche Mittel an. Wem es gut geht, den beneiden sie, und wer stärker ist, den hassen sie. Wenn du jetzt in der mißlichen Lage, in der wir uns befinden, wo vierhundert Schiffe gescheitert sind, weitere dreihundert von der Flotte abziehst mit dem Auftrag, um die Peloponnes herumzufahren, werden deine Gegner so stark, daß sie dir im Kampfe gewachsen sind. Bleibt aber die Flotte beieinander, bildet sie für die Feinde eine schwer zu bekämpfende Macht, und sie werden dir von vornherein in der Schlacht nicht gewachsen sein. Die gesamte Flotte wird der Landmacht beistehen und die Landmacht der Flotte in gemeinsamem Vorgehen. Trennst du aber die beiden, so wirst du weder jenen noch jene dir nützlich sein. Bestelle nur deine eigene Sache gut und fasse den Entschluß, dich nicht um die Angelegenheiten deiner Gegner zu kümmern, weder wo sie sich zum Kampf stellen, noch was sie überhaupt tun werden, noch wie zahlreich sie sind. Sie sind ja selbst in der Lage, sich um ihre Angelegenheiten zu kümmern, und wir ebenso um die unsrigen. Wenn die Lakedaimonier aber gegen die Perser in die Schlacht ziehen, so sollen sie die Niederlage, die wir ihnen bereiten, nicht wieder gutmachen."

(237) Xerxes gab folgende Antwort: „Achaimenes! Was du da sagst, leuchtet mir durchaus ein, und ich werde auch entsprechend handeln. Demaratos spricht aus, was nach seiner Meinung für mich das beste ist. Aber an Einsicht bist du ihm überlegen. Ich mache mir ja allerdings nicht die Auffassung zu eigen, daß er meiner Macht nicht freundlich gegenübersteht, und dies schließe ich aus seinen

früheren Äußerungen ebenso wie aus dem tatsächlichen Geschehen. Denn ein Bürger beneidet zwar einen, dem es gut geht, und bezeugt ihm seine Ablehnung durch Schweigen. Auch rät wohl ein Bürger, wenn ihn sein Mitbürger um Rat frägt, diesem nicht das, was ihm am besten dünkt, er müßte denn einen hohen Grad von Edelmut erreicht haben — und solche Leute bilden eine Seltenheit. Ein Gastfreund aber bringt einem Gastfreund, dem es gut geht, das allergrößte Wohlwollen entgegen, und wenn er ihn um Rat frägt, wird er ihm den besten Rat geben. So ordne ich nun an, daß sich jedermann künftig übler Nachrede gegenüber Demaratos als meinem Gastfreund enthalte."

(238) Nach diesen Worten ging Xerxes durch die Reihen der Toten und befahl das Haupt des Leonidas, als er hörte, daß dieser König und Feldherr der Lakedaimonier war, abzuschlagen und auf einen Pfahl aufzuspießen. Es liegt für mich zutage — und ich schließe es auch aus vielen anderen Beweisen und nicht zuletzt aus diesem Vorgehen —, daß der König Xerxes am allermeisten auf Leonidas, solange dieser noch am Leben war, ergrimmt war. Denn sonst wäre er nie gegen den Toten so entgegen allem Brauch vorgegangen, da kein Volk, soweit ich weiß, Männer, die sich im Kampfe ausgezeichnet haben, mehr zu ehren pflegt als die Perser. Die Männer, die diesen Auftrag erhalten hatten, führten ihn aus.

ACHTES BUCH

Die Kämpfe bei Artemision

(1) Die Flotte der Hellenen setzte sich aus folgenden Kontingenten zusammen: Die Athener stellten 127 Schiffe. Auf Grund ihrer Tüchtigkeit und Einsatzbereitschaft hatten die Plataier, obwohl des Seewesens unkundig, ihre Schiffe zusammen mit den Athenern bemannt. Die Korinther stellten 40 Schiffe, die Megarer 20, die Chalkideer bemannten 20 Schiffe, die ihnen die Athener zur Verfügung stellten, die Aigineten 18, die Sikyonier 12, die Lakedaimonier 10, die Epidaurier 8, die Eretrier 7, die Troizenier 5, die Styreer 2, die Keier 2 Kriegsschiffe und 2 Fünfzigruderer, die opuntischen Lokrer kamen ihnen mit 7 Fünfzigruderern zu Hilfe.

(2) Soweit die Flotte, die nach Artemision fuhr. Ich habe bereits die Zahl der Schiffe angegeben, die jede einzelne Stadt stellte. Die Gesamtzahl der bei Artemision versammelten Schiffe betrug, außer den Fünfzigruderern, 271. Als Feldherrn, der über die höchste Befehlsgewalt verfügte, stellten die Spartiaten den Eurybiades, den Sohn des Eurykleides, zur Verfügung. Die Bundesgenossen hatten sich nämlich geweigert, wenn nicht der Lakonier den Oberbefehl erhielte, einer athenischen Führung Gefolgschaft zu leisten, und gedroht, die in der Bildung begriffene Kriegsmacht aufzulösen.

(3) Schon von Anfang an, noch ehe man nach Sizilien zum Zweck eines Waffenbündnisses geschickt hatte[1], war ja davon die Rede gewesen, man müsse den Athenern die Führung der Flotte übertragen. Aber angesichts des Widerstandes der Bundesgenossen gaben die Athener nach, da sie zu ihrem Hauptanliegen die Rettung von Hellas gemacht hatten. Sie hatten erkannt, wenn es zu einem Streit über den Oberbefehl komme, werde Hellas zugrunde gehen, eine Überlegung, die das Richtige traf. Denn Zwietracht im

eigenen Lager ist um soviel schlimmer als eine einmütige Kriegsführung, wie der Krieg schlimmer ist als der Frieden. Da sie sich eben dieser Tatsache bewußt waren, stemmten sie sich nicht dagegen, sondern gaben nach, aber nur solange sie der Peloponnesier bedurften. Und dies brachten sie auch offen zum Ausdruck. Denn als sie die Perser zurückgeworfen hatten und nunmehr der Kampf um deren eigenes Land ging, nahmen sie den Hochmut des Pausanias zum Vorwand und entrissen den Lakedaimoniern den Oberbefehl.

(4) Doch dies spielte sich später ab. Jetzt indessen sahen sie und die Hellenen, die nach Artemision gekommen waren, daß so viele feindliche Schiffe vor Aphetai vor Anker gegangen waren und überall die feindliche Flottenmacht lag. Zugleich waren ja die Unternehmungen der Barbaren anders verlaufen, als sie erwartet hatten[2]. Und so erschraken sie und planten, von Artemision in das Innere von Griechenland sich abzusetzen. Als aber die Euboier merkten, daß sie mit diesen Plänen umgingen, baten sie den Eurybiades, noch kurze Zeit zuzuwarten, bis sie selbst ihre Kinder und ihre Familien in Sicherheit gebracht hätten. Sie konnten ihn jedoch nicht überreden. Daher schlugen sie einen anderen Weg ein und überredeten Themistokles, den Feldherrn der Athener, wobei sie ihm eine Belohnung von dreißig Talenten zusicherten unter der Voraussetzung, daß sie bleiben und vor Euboia die Seeschlacht schlügen. Themistokles aber erreichte auf folgende Weise, daß die Hellenen dablieben:

(5) Dem Eurybiades gab er von diesem Geld einen Anteil von fünf Talenten und tat so, als ob dies von seinem eigenen Vermögen geschehe. Wie er diesen gewonnen hatte, war Adeimantos, der Sohn des Okytos, der Feldherr der Korinthier, der einzige, der sich dagegen sträubte. Er erklärte, er werde von Artemision wegfahren und nicht dableiben. Ihn beschwor nun Themistokles und sagte zu ihm: „Du wirst uns nicht im Stiche lassen, da ich dir noch größere Geschenke geben will, als der König der Meder dir wohl

schicken würde, wenn du die Bundesgenossen im Stiche ließest." Dies sagte er und schickte zugleich auf das Schiff des Adeimantos drei Silbertalente. Dort war man von dem Geschenk betroffen und auch gleich umgestimmt, und den Euboiern war ihr Wunsch erfüllt. Themistokles aber nahm davon seinen persönlichen Anteil, während er von dem Besitz des restlichen Geldes nichts merken ließ. Diejenigen, die von dem Geld bekommen hatten, waren überzeugt, die Geldmittel seien zu diesem Zweck[3] aus Athen gekommen.

(6) So blieben sie also bei Euboia, und es kam zur Seeschlacht. Diese nahm folgenden Verlauf: Die Barbaren kamen am frühen Nachmittag in Aphetai an. Sie hatten schon vorher erfahren, daß nur wenige hellenische Schiffe bei Artemision vor Anker lagen, wovon sie sich nun selbst überzeugen konnten. Da waren sie nun entschlossen, angriffsweise den Versuch zur Wegnahme dieser Schiffe zu machen. Aber geradeswegs auf sie loszufahren, schien ihnen deshalb noch nicht geraten, weil sie befürchteten, die Hellenen möchten sie bei der Anfahrt sichten, sich zur Flucht wenden und dabei unter dem Schutze der Nacht entrinnen. Und mit aller Wahrscheinlichkeit war anzunehmen, daß ihnen die Flucht gelingen würde. Es sollte aber nach der Berechnung auch nicht ein einziger Feuerträger[4] entrinnen und sein Leben retten.

(7) In dieser Lage trafen sie folgende Maßnahmen: Von der gesamten Flotte sonderten sie zweihundert Schiffe ab und schickten sie außen um Skiathos[5] herum, damit sie nicht von den Feinden bei der Fahrt um Euboia zum Euripos bei Kaphareus und Geraistos[6] gesichtet würden. Ihre Absicht war also, die Hellenen dadurch zu umzingeln, daß die einen, dort angekommen, ihnen den Rückweg versperrten, während sie selbst geradeswegs hinter ihnen herfahren wollten. Dies beschlossen sie und schickten die dazu bestimmten Schiffe ab. Dabei lag es nicht in ihrem Plan, an diesem Tage die Hellenen anzugreifen und dies auch nicht

früher zu tun, als bis ihnen das verabredete Zeichen von der erfolgten Ankunft der mit der Umgehung beauftragten Schiffe erschienen wäre. Diese Schiffe also schickten sie aus, um die Umgehung durchzuführen. Die übrigen Schiffe unterzogen sie einer Musterung bei Aphetai.

(8) In der Zeit, da diese Musterung der Schiffe durchgeführt wurde, spielte sich folgendes ab: Unter dieser Flottenmannschaft befand sich Skyllias aus Skione, der beste Taucher seiner Zeit, der auch bei dem Schiffbruch am Pelion den Persern viel Schätze gerettet und auch viele sich selbst erworben hatte. Dieser Skyllias hatte schon früher im Sinne gehabt, zu den Hellenen überzugehen. Aber es hatte sich ihm bisher keine so günstige Gelegenheit geboten wie gerade jetzt. Wie er es allerdings bewerkstelligte, daß er daraufhin doch noch zu den Hellenen gelangte, das vermag ich nicht genau zu berichten. Aber wundern muß ich mich, falls das Erzählte wirklich wahr sein sollte. Denn es wird berichtet, er sei bei Aphetai ins Meer untergetaucht und erst wieder an die Oberfläche gekommen, als er nach Artemision gelangt sei. Er müßte also eine Strecke von etwa achtzig Stadien[7] durch das Meer geschwommen sein. Es werden über den Mann noch andere Dinge berichtet, die nach Schwindel aussehen, einige aber auch, die wahr sind. Was diesen Fall jedoch betrifft, so soll meine Ansicht dahin gehen, daß er auf einem Fahrzeug nach Artemision gekommen ist. Dort angekommen, tat er gleich dem Feldherrn kund, wie es zu dem Schiffbruch gekommen war, und berichtete von den Schiffen, die um Euboia herumgeschickt worden waren.

(9) Als dies die Hellenen hörten, besprachen sie untereinander die Lage. Es wurden viele Worte gewechselt, und schließlich setzte sich die Auffassung durch, man solle an diesem Tage an Ort und Stelle bleiben und auch bis Mitternacht stille liegen, sodann aber, wenn Mitternacht vorüber sei, sich auf Fahrt begeben, den Schiffen, die die

Umgehung durchführten, entgegen. Hernach, als niemand auf sie zufuhr[8], warteten sie noch den Spätnachmittag ab und fuhren ihrerseits den Barbaren entgegen, in der Absicht, zu erproben, wie deren Kampfesweise sei und wie sie den Durchbruch durch die Schiffsreihen[9] durchführten.

(10) Wie die Soldaten des Xerxes und die Feldherren sie mit nur einigen Schiffen heranfahren sahen, glaubten sie, es mit ganz Wahnsinnigen zu tun zu haben, und stachen ihrerseits in See. Sie hofften, die hellenischen Schiffe würden eine leichte Beute werden, wobei ihre Hoffnung durchaus begründet war. Denn da sie sahen, daß es der hellenischen Schiffe nur wenige waren, die ihrigen aber ein Vielfaches betrugen und dazu noch besser fuhren, so umzingelten sie in Erwägung dieser Vorteile die hellenischen Schiffe von allen Seiten. Alle Ioner nun, die den Hellenen wohlgesinnt waren und nur widerwillig mitzogen, hielten es für ein schlimmes Unglück, als sie die Hellenen eingekreist sahen, und waren überzeugt, daß keiner von ihnen wieder die Heimat sehen werde. So schwach kam ihnen die Macht der Hellenen vor. Alle aber, die dem Treffen mit Freude entgegensahen, wetteiferten miteinander, wer von ihnen als erster ein attisches Schiff erbeute und von dem Großkönig Geschenke erhalte. Denn von den Athenern sprach man am meisten in der persischen Flotte.

(11) Wie aber für die Hellenen das Zeichen zum Kampfe gegeben wurde, richteten sie zuerst ihre Schiffe mit dem Schiffsschnabel gegen die Feinde aus und zogen die Schiffsspiegel in der Mitte zusammen. Dann auf ein zweites Signal begannen sie, wiewohl sie auf einen kleinen Raum eingeengt nur frontal die persische Flotte angreifen konnten, den Kampf. Dabei erbeuten sie dreißig Schiffe der Barbaren und nehmen Philaon, den Sohn des Chersis, einen Bruder des Salaminierkönigs Gorgos[10], einen Mann, der in dem Heere großes Ansehen genoß, gefangen. Als erster von den Hellenen erbeutete ein feindliches Schiff der Athener Lyko-

medes, der Sohn des Aischraios, und bekam dafür den Preis der Tapferkeit. Sie kämpften in dieser Seeschlacht mit wechselndem Erfolg, und erst die heraufziehende Nacht trennte die Kämpfenden. Die Hellenen fuhren nach Artemision zurück, die Barbaren nach Aphetai. Der Kampf war weit anders verlaufen, als sie erwartet hatten. In dieser Seeschlacht war Antidoros aus Lemnos der einzige von den Hellenen bei dem Großkönig, der zu den Hellenen überging, und die Athener schenkten ihm wegen dieser Tat Land auf Salamis.

(12) Als es Nacht geworden war, regnete es, obgleich es mitten im Sommer war, in Strömen, und der Regen hielt die ganze Nacht hindurch an, wobei dumpfer Donner vom Pelion her dröhnte. Die Toten wurden mit den Schiffstrümmern an den Strand von Aphetai gespült und trieben um die Schiffsschnäbel umher, wobei sie das Ruderwerk störten. Die dort befindlichen Schiffsmannschaften gerieten, wie sie dies hörten, in Angst, und glaubten, sie seien rettungslos verloren angesichts der schlimmen Lage, in die sie geraten waren. Denn noch ehe sie von dem Schiffbruch und dem Unwetter, das sie am Pelion überrascht hatte, sich hatten erholen können, war unmittelbar darauf die Seeschlacht über sie gekommen, nach der Seeschlacht der heftige Regenguß, der reißende, sich ins Meer stürzende Gießbäche zur Folge hatte, und dumpfe Donnerschläge.

(13) So verging für sie die Nacht. Für diejenigen unter ihnen, die mit der Umfahrt um Euboia beauftragt worden waren, brachte die gleiche Nacht noch viel größere Schrecknisse, weil sie hereinbrach, noch während sie auf offener See dahintrieben. Und so gab es für sie ein Ende mit Schrekken. Denn wie sie auf ihrer Fahrt bei Koila in Euboia[11] waren, brach über sie ein Regensturm herein und, vom Wind dahingetrieben, ohne zu wissen, wohin die Fahrt ging, wurden sie an die Felsen geworfen. Und dies alles war das Werk des Gottes: es sollte die persische Macht

gleich stark wie die hellenische gemacht werden und nicht um ein Vielfaches größer sein.

(14) Diese also kamen bei Koila um, die Barbaren bei Aphetai aber waren froh, wie der Tag anbrach. Sie lagen mit ihren Schiffen still und waren es zufrieden, daß sie in ihrer augenblicklichen schlimmen Lage Ruhe hatten. Zu den Hellenen aber stießen dreiundfünfzig attische Schiffe. Ihre Ankunft stärkte den Mut der Hellenen und zugleich das Eintreffen der Botschaft, daß alle Barbaren, die um Euboia herumfuhren, durch das Unwetter, das losgebrochen war, vernichtet seien. Sie warteten nun die gleiche Tagesstunde ab, fuhren ab und überfielen kilikische Schiffe. Diese vernichteten sie und fuhren dann mit Einbruch der Nacht wieder nach Artemision zurück.

(15) Am dritten Tag aber warteten die Feldherren in höchstem Unmut darüber, daß so wenige Schiffe ihnen so übel mitspielten, und aus Furcht vor dem Zorn des Xerxes nicht mehr ab, daß die Hellenen mit der Schlacht beginnen, sondern sprachen einander Mut zu und stachen um die Mittagszeit in See. Es traf sich aber, daß in dieselben Tage, an denen diese Seegefechte stattfanden, auch die Landkämpfe bei den Thermopylen fielen. Für die Seestreitkräfte ging das ganze Ringen um den Euripos, so wie es Leonidas und seinen Leuten darum ging, den Paß zu bewachen. Die einen machten es sich gegenseitig zur Pflicht, die Barbaren nicht in Hellas eindringen zu lassen, die andern, die hellenische Flotte zu vernichten und die Meerenge in die Hand zu bekommen.

(16) Als die Seestreitkräfte des Xerxes in geordneter Formation heranfuhren, blieben die Hellenen bei Artemision still liegen. Die Barbaren aber bildeten einen halbmondartigen Kreisbogen mit ihren Schiffen, um die Hellenen zu umfassen. Darauf fuhren die Hellenen gegen sie heran und begannen die Schlacht. In diesem Seekampf hielten sich die beiderseitigen Streitkräfte so ziemlich die Waage.

Denn die Flotte des Xerxes stand infolge der Größe und der Anzahl ihrer Schiffe sich selbst im Wege. Die Schiffe gerieten in Unordnung und stießen aufeinander. Dennoch hielten sie stand und wichen nicht. Denn sie hielten es für eine Schande, von wenigen Schiffen in die Flucht geschlagen zu werden. Da wurden nun viele hellenische Schiffe zerstört und viele Mannschaften kamen um. Aber die Zahl der verlorenen Schiffe und Mannschaften bei den Barbaren war noch viel größer. So zog sich die Schlacht lange hin, und beide Parteien trennten sich auf dem Kampfplatz.

(17) In dieser Seeschlacht zeichneten sich unter den Soldaten des Xerxes die Ägypter am meisten aus, die unter anderen Heldentaten, die sie verrichteten, fünf hellenische Schiffe mitsamt der Besatzung wegnahmen. Bei den Hellenen waren an diesem Tage die tapfersten Kämpfer die Athener und wiederum unter den Athenern Kleinias, der Sohn des Alkibiades, der auf eigene Kosten in den Krieg gezogen war und zweihundert Mann sowie ein eigenes Schiff zur Verfügung gestellt hatte.

(18) Als beide Flotten sich zurückgezogen hatten, was beiderseits willkommen war, fuhren sie eilends zu ihren Ankerplätzen zurück. Die Hellenen hatten nach Abbruch der Seeschlacht bei ihrer Rückfahrt zwar die Toten und die Schiffstrümmer eingeholt, sie waren aber schwer angeschlagen und nicht am wenigsten die Athener. Die Hälfte ihrer Schiffe war beschädigt, und sie erwogen demzufolge den Abzug nach Hellas hinein.

(19) Themistokles jedoch begriff, wenn von der Streitmacht der Barbaren der ionische und der karische Stamm sich trennen würden, könnten sie über den Rest die Oberhand gewinnen. Und wie nun die Euboier ihr Vieh zum Meere hin trieben, versammelte er dort die Feldherren und erklärte ihnen, er glaube einen Grund zu haben, der ihn zu der Hoffnung berechtige, die tüchtigsten der Bundesgenossen zum Abfall vom Großkönig zu bringen. Weiter enthüllte er

ihnen nichts. So wie die Verhältnisse für sie liegen, sagte er, müßten sie von dem euboiischen Vieh, so viel jeder wolle, schlachten; es sei ja besser, wenn es in den Händen der eigenen Streitmacht als im Besitz der Feinde sei. Er forderte sie zugleich auf, jeder solle seine Leute anweisen, ein Feuer anzuzünden. Was aber die Heimfahrt anbelange, so werde er schon für einen geeigneten Zeitpunkt besorgt sein, der ihnen ohne Verlust die Ankunft in Hellas ermögliche. Mit diesem Vorschlag waren sie einverstanden. Sie zündeten sofort ein Feuer an und fielen über das Vieh her.

(20) Die Euboier hatten die Weissagung des Bakis[12] nicht beachtet, als ob sie nichts zu besagen habe. Sie hatten nichts in Sicherheit gebracht und auch keine Vorräte in Erwartung des kommenden Krieges herbeigeführt. Und damit hatten sie sich in eine Lage gebracht, die ihnen leicht zum Unheil ausschlagen konnte. Der Spruch in dieser Sache, den Bakis gegeben hatte, lautet folgendermaßen:

„Senkt ein Barbar in das Meer ein Joch, verfertigt aus Byblos,
Denke daran, von Euboia zu treiben die meckernden Ziegen!"

Da sie aber diesen Spruch weder in der damaligen mißlichen Lage noch in der noch zu erwartenden sich zu eigen machten, blieb es ihnen nicht erspart, dem schlimmsten Unheil anheimzufallen.

(21) Dies taten sie also. Und da erschien auch schon der Späher aus Trachis. Es befand sich nämlich bei Artemision ein Späher namens Polyas, der aus Antikyra stammte. Ihm war aufgetragen — er hatte ein gut ausgerüstetes Fahrzeug bereitliegen —, falls die Flotte in Bedrängnis gerate, dies den Kämpfern bei Thermopylai zu melden. Ebenso stand Abronichos aus Athen, der Sohn des Lysikles, der sich bei Leonidas befand, bereit, den Hellenen bei Artemision auf einem Dreißigruderer Meldung zu überbringen, falls irgendein Mißgeschick das Landheer treffe. Dieser Abronichos kam

zu ihnen und eröffnete ihnen, was mit Leonidas und seinem Heer geschehen war. Wie sie dies erfuhren, schoben sie den Rückzug nicht mehr länger auf und machten sich davon, jede einzelne Abteilung für sich, zuerst die Korinthier und zuletzt die Athener.

(22) Von den athenischen Schiffen las sich Themistokles die besten Segler aus und fuhr umher zu den Trinkwasserstellen. Er ließ in die Steine Inschriften einmeißeln, die die Ioner am folgenden Tag bei ihrer Ankunft in Artemision lasen. Die Inschriften besagten folgendes: „Ionische Männer! Ihr handelt nicht recht, daß ihr gegen eure Väter zu Felde zieht und Hellas knechtet. Tretet vielmehr auf unsere Seite! Ist dies aber für euch nicht möglich, so haltet euch wenigstens jetzt noch von dem Kampf mit uns fern und bittet die Karer[13], das gleiche zu tun wie ihr. Wenn aber keine von diesen beiden Möglichkeiten euch offen steht und die Zwangslage, in die ihr verstrickt seid, zu stark ist, um den Abfall zu ermöglichen, so sollt ihr wenigstens in der Schlacht, wenn es zum bewaffneten Zusammenstoß kommt, euch absichtlich als schlechte Kämpfer erweisen, eingedenk dessen, daß ihr von uns abstammt und daß unsere Feindschaft mit den Barbaren ihren eigentlichen Ausgangspunkt bei euch genommen hat." Diese Inschrift ließ Themistokles anbringen, wobei er nach meiner Meinung zweierlei Absichten verfolgte. Einmal sollte sie, ohne daß es der Großkönig merke, die Ioner zu einer Sinnesänderung bringen und auf ihre Seite bringen, zum andern, falls sie dem Xerxes hinterbracht und bei ihm Argwohn erwecken würde, sollte sie die Ioner zu unzuverlässigen Leuten stempeln und den Xerxes veranlassen, die Ioner in den Seegefechten nicht einzusetzen.

(23) Themistokles ließ also diese Inschriften anbringen. Zu den Barbaren aber kam gleich darauf auf einem Fahrzeug ein Mann von Histiaia[14], der den Abzug der Hellenen von Artemision meldete. Die Barbaren trauten der Meldung nicht und nahmen den Mann in Gewahrsam. Indessen

schickten sie schnelle Schiffe auf Erkundung aus. Diese bestätigten die Meldung. Da fuhr also bei Sonnenaufgang die gesamte Flotte geschlossen nach Artemision. Dort warteten sie bis Mittag. Sodann fuhren sie nach Histiaia weiter. Dort angekommen besetzten sie die Stadt der Histiaier, und in dem Gebiet von Ellopia, das zu der Landschaft Histiaia gehört, durchstreiften sie alle Küstendörfer.

(24) Während sie dort waren, traf Xerxes die Vorbereitungen zur Bestattung der Toten und schickte einen Herold zu der Flotte. Die Vorbereitungen waren folgende: Von allen Toten seines Heeres — es waren im ganzen zwanzigtausend — ließ er nur etwa tausend liegen. Die übrigen ließ er in Gruben, die er ausheben ließ, beisetzen. Auf die Gruben ließ er Erde werfen und Laub darauf schütten, damit sie nicht von den Leuten der Flotte gesehen würden. Und als der Herold von Histiaia herüberkam, veranstaltete er eine Versammlung des gesamten Heeres und hielt folgende Ansprache: „Ihr Mitkämpfer! Der König Xerxes stellt es jedem von euch frei, seine Abteilung nach Belieben zu verlassen, an Land zu gehen und sich anzuschauen, wie Xerxes gegen die unvernünftigen Menschen kämpft, die sich der Hoffnung hingaben, über die Macht des Großkönigs Herr zu werden."

(25) Dieses Angebot machte er, und da gab es an nichts größeren Mangel als an Fahrzeugen. So viele wollten das Schlachtfeld besichtigen. Sie setzten über, gingen über das Leichenfeld und schauten sich die Toten an. Alle aber waren überzeugt, daß die Daliegenden sämtlich Lakedaimonier und Thespier seien, wobei unter den Toten, die sie sahen, ja auch die Heloten waren. Freilich blieb auch keinem von denen, die herübergekommen waren, verborgen, was Xerxes mit seinen eigenen Toten gemacht hatte. Es war ja auch wirklich lächerlich: von denen, die auf Seiten des Xerxes gefallen waren, sah man tausend daliegen, während die Toten der Hellenen alle auf einen Haufen zusammengetragen waren. Es waren viertausend Mann. Diesen Tag brachten sie

nun damit zu, das Schlachtfeld zu besichtigen. Am andern Tag fuhren die einen nach Histiaia und zu ihren Schiffen, während Xerxes mit seiner Heeresmacht den Weitermarsch antrat.

(26) Da kamen zu ihnen Überläufer von Arkadien — es waren nur wenige —, die um Nahrungsmittel baten[15] und in Dienst gestellt werden wollten. Die Perser führten diese vor den Großkönig und fragten sie über die Hellenen aus, was diese denn treiben. Einer aber führte vor allen anderen bei dieser Befragung das Wort. Die Arkader erzählten ihnen, daß die Griechen das olympische Fest feiern und den gymnischen und hippischen Wettkämpfen[16] zuschauen. Der Perser fragte weiter, was für ein Kampfpreis bei diesen Wettkämpfen ausgesetzt sei. Sie antworteten: „Ein Kranz vom Ölbaum wird dem Sieger überreicht." Da äußerte Tritantaichmes, der Sohn des Artabanos, eine sehr edle Meinung, die ihm jedoch den Vorwurf der Feigheit beim Großkönig eintrug. Als er nämlich hörte, daß der Preis ein Kranz sei und nicht Geld, hielt er es nicht länger aus zu schweigen, sondern erklärte vor der ganzen Versammlung: „Wehe, Mardonios, was sind dies für Männer, gegen die du uns führst, die nicht um Geld, sondern um den Preis der Mannestüchtigkeit ihren Wettkampf durchführen."

(27—39) Xerxes zieht durch Doris, Phokis und Boiotien. Eine persische Abteilung wird bei Delphi vernichtet.

Die Flotte der Hellenen bei Salamis

(40) Die hellenische Flotte nahm auf Bitten der Athener von Artemision Kurs auf Salamis. Ihre Bitte an die Hellenen, Kurs auf Salamis zu nehmen, hatten die Athener zu dem Zweck gerichtet, ihre Frauen und Kinder aus Attika in Sicherheit bringen zu können. Zugleich wollten sie sich auch beraten, was sie nun tun sollten. Angesichts der Lage, wie

sie sich entwickelt hatte, gedachten sie, einen Kriegsrat abzuhalten, da sie sich ja in ihren Annahmen geirrt hatten. Denn sie hatten geglaubt, die Peloponnesier mit ihrem gesamten Aufgebot in Boiotien vorzufinden, um die Barbaren dort zu erwarten. Davon fanden sie nun dort nichts vor. Vielmehr erfuhren sie, daß die Peloponnesier den Isthmus befestigten und es als ihre Hauptaufgabe ansahen, die Peloponnes zu schützen und zu retten, alles andere aber aufzugeben. Weil sie dies erfahren hatten, hatten sie nunmehr an die Hellenen die Bitte gerichtet, nach Salamis zu fahren.

(41) Alle anderen nun steuerten auf Salamis zu, die Athener aber auf die Küste ihres eigenen Landes. Dort angekommen, erließen sie eine Botschaft, jeder Athener solle, soweit ihm dies möglich sei, seine Kinder und seine übrige Familie in Sicherheit bringen. Da wählten die meisten als Verschickungsort Troizen, ein Teil Aigina, ein weiterer Salamis. Sie beeilten sich mit diesen Sicherheitsmaßnahmen, weil sie dem Götterspruch nachkommen wollten, und nicht zuletzt lag auch folgender Grund vor: Die Athener erzählen, eine große Schlange halte sich als Wächterin der Akropolis in dem Heiligtum auf. Dies erzählen sie, und sie bringen der Schlange auch noch, gleich als ob sie wirklich da wäre, monatliche Opfer dar. Dieses besteht in einem Honigkuchen. Dieser Honigkuchen war in der zurückliegenden Zeit immer aufgezehrt worden, blieb aber jetzt unberührt. Als dies die Priesterin bekanntgab, waren die Athener noch fester entschlossen, die Stadt zu verlassen, da ja auch die Göttin die Akropolis verlassen habe[17]. Sie brachten alles in Sicherheit und fuhren dann zu der Flotte zurück.

(42) Als sie nun von Artemision auf Salamis zusteuerten, versammelte sich auf die Kunde hiervon auch die übrige Flotte der Hellenen in Troizen[18]. Pogon, der Hafen von Troizen, war als Sammelplatz bestimmt. Es versammelten sich noch viel mehr Schiffe, als bei Artemision in der Seeschlacht gekämpft hatten, und auch die Zahl der Städte, die

sich beteiligten, war größer. Flottenbefehlshaber war derselbe wie bei Artemision, Eurybiades, der Sohn des Eurykleides, ein Spartiate, der freilich nicht von königlichem Geschlecht war. Die weitaus größte Zahl von Schiffen und die besten Segler stellten die Athener ...

(43—48) Angabe der Stärke und Herkunft der einzelnen Kontingente der hellenischen Flotte.

Kriegsrat der hellenischen Feldherren bei Salamis

(49) Als die Feldherren bei Salamis zusammenkamen, hielten sie einen Kriegsrat ab, wobei Eurybiades vorschlug, es solle jeder nach Belieben seine Meinung darüber äußern, wo nach seiner Annahme unter den Plätzen, die fest in ihrer Hand seien, der zu einer Seeschlacht geeignetste sei. Denn Attika war bereits aufgegeben. Sein Vorschlag bezog sich also nur noch auf die übriggebliebenen Plätze. Die Ansichten, die geäußert wurden, gingen zum größten Teil einheitlich dahin, zum Isthmus zu fahren und vor der Peloponnes die Seeschlacht zu schlagen. Dafür gaben sie folgende Begründung: Wenn sie bei Salamis blieben und dort in der Seeschlacht besiegt würden, würden sie auf der Insel belagert werden, ohne daß sich ihnen eine Hilfe zeigen würde, während sie bei dem Isthmus sich in ihr eigenes Land in Sicherheit bringen könnten.

(50) Während die Feldherren von der Peloponnes solche Überlegungen anstellten, kam ein Athener mit der Meldung, der Barbar sei in Attika eingefallen und verwüste dort alles. Das Heer, das unter Xerxes durch Boiotien marschiert war, hatte die Stadt der Thespier in Brand gesteckt, die ihre Stadt verlassen hatten und in die Peloponnes gezogen waren. Ebenso hatten sie die Stadt der Plataier in Brand gesteckt. Und nun war das Heer nach Athen gekommen und

verwüstete auch dort alles. Thespiai und Plataiai war deshalb in Brand gesteckt worden, weil die Barbaren von den Thebanern erfahren hatten, daß diese nicht medisch gesinnt seien.

Die Einnahme Athens durch die Perser

(51) Gerechnet von dem Übergang über den Hellespont, dem Ausgangspunkt ihres Vormarsches — einen Monat hatten ja die Barbaren dort zugebracht, um den Übergang durchzuführen —, gelangten die Barbaren im Laufe von drei weiteren Monaten nach Attika, als Kalliades Archon in Athen[19] war. Die Perser besetzten die von ihren Bewohnern verlassene Stadt, wobei sie nur wenige Athener vorfanden, die in dem Heiligtum waren. Es waren dies Schatzmeister des Heiligtums[20] und einige arme Leute, die den Zugang zur Akropolis mit Türen und Brettern versperrt hatten und so die andringenden Feinde abzuwehren suchten. Diese armen Leute waren ihrer dürftigen Lebensverhältnisse wegen nicht mit nach Salamis gezogen und glaubten zudem noch, ihrerseits den Sinn der Weissagung herausgefunden zu haben, die die Pythia den Athenern gegeben hatte, nämlich die hölzerne Mauer werde uneinnehmbar sein, und dies sei also der Zufluchtsort, den das Orakel meine, und nicht die Schiffe.

(52) Die Perser besetzten den der Akropolis gegenüberliegenden Hügel, den die Athener Areios Pagos[21] nennen, und führten die Belagerung der Akropolis folgendermaßen durch: Sie wickelten Werg um die Pfeile, zündeten es an und schossen sie auf die Verschanzung ab. Obgleich die belagerten Athener in äußerste Not gerieten und die Verschanzung sie im Stich ließ, wehrten sie sich dennoch. Sie nahmen auch nicht die Vorschläge der Peisistratiden, sich auf Grund einer Vereinbarung zu ergeben, an, sondern setzten die Verteidigung mit allen möglichen Mitteln fort,

besonders indem sie auf die gegen die Tore heranrückenden Barbaren runde Felsblöcke herunterrollen ließen. Und so wußte Xerxes lange nicht, was er tun solle, da er sie nicht bezwingen konnte.

(53) Endlich zeigte sich den Barbaren in ihrer mißlichen Lage eine Möglichkeit, einzudringen. Es sollte ja entsprechend dem Götterspruch das ganze festländische Attika den Persern in die Hände fallen. An der Vorderseite der Akropolis, hinter dem Tor und dem Weg, der zur Burg hinaufführt, an einer Stelle, wo niemand Wache hielt und auch niemand erwartet hätte, daß je ein Mensch auf dieser Seite hinaufsteigen würde, dort also stiegen einige hinauf bei dem Heiligtum der Aglauros, der Tochter des Kekrops[22], obgleich die Seite steil abfallend war. Wie die Athener nun sahen, daß diese auf die Akropolis hinaufgestiegen waren, stürzten sich die einen von der Mauer herunter und fanden den Tod, die anderen flüchteten sich in das Megaron. Die Perser, die hinaufgestiegen waren, wandten sich zuerst zu den Toren, öffneten diese und erschlugen die Schutzflehenden. Und als sie alle niedergeschlagen hatten, plünderten sie das Heiligtum und steckten die ganze Akropolis in Brand.

(54) Als Xerxes ganz Athen eingenommen hatte, sandte er nach Susa einen berittenen Boten, um dem Artabanos mitzuteilen, welch großer Erfolg ihm zugefallen sei. Am zweiten Tag nach der Absendung des Boten rief er die athenischen Flüchtlinge zusammen, die in seinem Heere mitzogen, und forderte sie auf, auf die Akropolis hinaufzugehen und nach ihrem Brauch die üblichen Opfer darzubringen, mag er nun auf Grund eines Traumgesichtes diesen Auftrag gegeben haben oder auch es sich zu Herzen genommen haben, daß er das Heiligtum in Brand gesteckt hatte. Die athenischen Verbannten führten den Auftrag aus.

(55) Weshalb ich dies erwähnt habe, will ich erklären. Auf dieser Akropolis ist ein Tempel des Erechtheus, der der Erde entsprossen sein soll. In dem Tempel befindet sich ein

Ölbaum und Meerwasser. Es geht die Sage bei den Athenern, Poseidon und Athene hätten sich um das Land gestritten und dies als Zeugnisse für ihre Ansprüche beigebracht[23]. Es traf sich nun, daß dieser Ölbaum zugleich mit dem übrigen Heiligtum von den Barbaren verbrannt wurde. Am zweiten Tag aber nach dem Brand, als die von dem Großkönig mit dem Opfer beauftragten Athener zu dem Heiligtum hinaufgingen, sahen sie, daß ein Trieb aus dem Stumpf so lang wie eine Elle emporgeschossen war. So erzählten es diese.

Kriegsrat der Hellenen

(56) Als den Hellenen bei Salamis gemeldet wurde, wie es mit der Akropolis von Athen gegangen war, gerieten sie in solche Bestürzung, daß einige von den Feldherren nicht einmal mehr warteten, daß man zu einer Entscheidung über die vorliegende Frage kam, sondern sich auf ihre Schiffe stürzten, die Segel hißten und eilends davonfuhren. Von den Zurückbleibenden wurde der Beschluß gefaßt, eine Seeschlacht vor dem Isthmus zu liefern. Es wurde Nacht, als die Versammlung aufgehoben wurde und sie ihre Schiffe bestiegen.

(57) Als nun Themistokles auf sein Schiff kam, fragte ihn der Athener Mnesiphilos, was von ihnen beschlossen sei. Er erfuhr von Themistokles, es sei beschlossen, mit den Schiffen zum Isthmus zu fahren und vor der Peloponnes die Seeschlacht zu schlagen. Da sagte Mnesiphilos: „Wahrhaftig, wenn sie nun die Schiffe von Salamis abziehen, wirst du auch nicht um eine einzige Heimatstadt mehr zur See zu kämpfen brauchen. Jeder wird in seine Stadt davonfahren, und weder Eurybiades wird sie festhalten können noch sonst jemand und verhüten, daß sich das Heer in alle Winde zerstreut. So wird Hellas an seinem eigenen Unverstand zugrunde gehen. Aber sofern es noch irgendeine Möglichkeit

gibt, wohlan, versuche die Durchführung des Beschlusses zu vereiteln! Vielleicht kannst du den Eurybiades zu einer Änderung des Beschlusses veranlassen und ihn zum Dableiben bestimmen."

(58) Dem Themistokles gefiel dieser Vorschlag sehr, und ohne darauf etwas zu erwidern, begab er sich zu dem Schiff des Eurybiades. Dort angekommen, sagte er, er wolle sich mit ihm über eine Angelegenheit, die beide angehe, besprechen. Dieser lud ihn ein, auf sein Schiff zu kommen und ihm seinen Wunsch mitzuteilen. Da setzte sich Themistokles zu ihm und berichtete ihm alles, was er von Mnesiphilos gehört hatte. Er tat dabei so, als ob dies alles von ihm selbst stamme, und fügte noch vieles andere hinzu, bis er ihn durch seine Bitten so weit gebracht hatte, daß er von Bord ging und die Feldherren zu einem Kriegsrat zusammenberief.

(59) Wie sie nun versammelt waren, da ergriff, noch ehe Eurybiades vorgetragen hatte, warum er die Feldherrn zusammenberufen habe, Themistokles das Wort zu langen Ausführungen, wozu er ein dringendes Bedürfnis hatte. Während er noch sprach, sagte der korinthische Feldherr Adeimantos, der Sohn des Okytos: „Themistokles! Bei den Wettkämpfen werden die, die zu früh starten, mit dem Stock geschlagen." Themistokles rechtfertigte sich, indem er sagte: „Aber die Zurückbleibenden werden nicht bekränzt."

(60) Damals also gab er dem Korinthier eine freundliche Antwort. Gegenüber Eurybiades aber ließ er nichts mehr von seiner früheren Erklärung verlauten, daß sie auseinanderlaufen würden, wenn man von Salamis abfahre. Denn in Anwesenheit der Bundesgenossen Beschuldigungen zu erheben, wäre ein Verstoß gegen den Anstand gewesen. Vielmehr stützte er sich auf eine andere Begründung, indem er folgendes ausführte: „In deiner Hand liegt es nun, Hellas zu retten, wenn du mir folgst und dableibst, um hier eine Seeschlacht zu schlagen, und nicht, den Ratschlägen dieser Leute folgend, die Schiffe zum Isthmus fahren läßt. Höre zu und

wäge beides gegeneinander ab! Wenn du es beim Isthmus zum Zusammenstoß kommen läßt, wirst du auf weitoffener See zu kämpfen haben, was uns am wenigsten zuträglich ist, da wir schwerbewegliche Schiffe haben und dazu eine geringere Zahl. Ferner wirst du Salamis, Megara und Aigina verlieren, auch wenn wir sonst Erfolge haben. Denn die Flotte der Perser wird von dem Landheer begleitet werden, und so wirst du selbst sie nach der Peloponnes führen und ganz Hellas aufs Spiel setzen. Tust du aber, was ich rate, werden sich dir daraus folgende Vorteile ergeben: Erstens werden wir mit den wenigen Schiffen, die wir haben, auf engem Raum mit einer Übermacht zusammentreffen und werden, wenn der Verlauf des Kampfes der Wahrscheinlichkeit entspricht, bei weitem die Oberhand gewinnen — denn in engem Raum zur See zu kämpfen, ist für uns von Vorteil, in weitem Raum aber für jene —, sodann wird Salamis gerettet, wohin wir unsere Frauen und Kinder in Sicherheit gebracht haben. Und zum zweiten, wahrhaftig, ist doch folgender Vorteil damit verbunden, der euch am meisten am Herzen liegt: wenn du hier bleibst, wirst du ebenso für die Peloponnes kämpfen wie am Isthmus. Du wirst sie doch nicht, wenn du bei Verstand bist, zur Peloponnes führen!

Wenn es aber so kommt, wie ich annehme, und wir mit unseren Schiffen siegen, so werden sich euch weder die Barbaren am Isthmus stellen, noch weiter in Attika vorrücken, vielmehr werden sie ohne jede Ordnung abziehen, und wir werden von der Rettung von Megara, Aigina und Salamis unseren Gewinn haben, wo wir auch dem Göttterspruch zufolge über unsere Feinde Herr werden. Menschen nun, die bei ihren Beratungen angemessene Vernunft walten lassen, erreichen dabei gewöhnlich ihr Ziel. Wo diese aber nicht waltet, pflegt die Gottheit sich nicht den menschlichen Entschlüssen anzuschließen."

(61) Während Themistokles so sprach, fuhr wiederum der Korinthier Adeimantos gegen ihn los und forderte ihn auf

zu schweigen, wo er doch kein Vaterland habe, und wollte nicht zugeben, daß Eurybiades das Stimmrecht einem heimatlosen Manne zubillige. Er forderte den Themistokles auf, zuerst die Zugehörigkeit zu einer Bürgergemeinde nachzuweisen und unter dieser Voraussetzung seine Ansichten zum besten zu geben. Dies warf er dem Themistokles deshalb vor, weil Athen eingenommen und besetzt war. Da erst fand Themistokles gegen ihn und die Korinthier viele böse Worte und legte für sich und seine Mitbürger dar, daß seine Stadt und sein Land größer sei als das ihrige, solange sie noch zweihundert bemannte Schiffe besäßen, und niemand von den Hellenen könne ihren Angriff abwehren.

(62) Während er in seiner Rede darauf hinwies, wandte er sich erneut an Eurybiades und sprach nun mit größerem Nachdruck: „Wenn du hier bleibst und dich als ein wackerer Mann beweist, dann gut! Wenn nicht, wirst du Hellas ins Verderben stürzen. Denn die letzte Entscheidung bringen für uns im Kriege die Schiffe. Darum folge mir! Tust du dies aber nicht, dann werden wir sofort mitsamt unseren Familien nach Siris[24] in Italien fahren, das uns schon seit alters gehört. Besagen doch die Göttersprüche, daß es von uns besiedelt werden soll. Ihr aber werdet, wenn ihr von solchen Bundesgenossen allein gelassen seid, noch an meine Worte denken."

(63) Durch diese Worte des Themistokles ließ sich Eurybiades eines besseren belehren. Es war dies aber nach meiner Meinung hauptsächlich eine Folge der Befürchtung, sie möchten von den Athenern im Stich gelassen werden, wenn er mit den Schiffen zum Isthmus fahre. Denn von den Athenern alleingelassen, wären die übrigen ihren Gegnern nicht mehr gewachsen gewesen. So machte er sich die Ansicht zu eigen, man müsse dableiben und in einer Seeschlacht die Entscheidung herbeiführen.

(64) In solchen Wortgefechten ergingen sie sich bei Salamis. Darauf trafen sie entsprechend dem Entschluß des

Eurybiades die Vorbereitungen, um an Ort und Stelle die Seeschlacht zu schlagen. Als es Tag wurde, ereignete sich ein Erd- und Seebeben . . .

(66—69) Ankunft der Perserflotte in Pahleron. Xerxes berät sich mit den Flottenführern, insbesondere mit Artemisia.

(71) Die Landstreitkräfte der Barbaren befanden sich auf dem Marsch zu der Peloponnes. Doch waren alle Maßnahmen, die im Bereich der Möglichkeit lagen, getroffen, um auf dem Festland den Einfall der Barbaren zu verhüten. Sobald die Peloponnesier das Ende des Leonidas und seiner Leute bei Thermopylai erfahren hatten, eilten sie von ihren Städten herbei und besetzten den Isthmus. Ihr Feldherr war Kleombrotos, der Sohn des Anaxandrides, der Bruder des Leonidas. Als sie ihre Stellung auf dem Isthmus bezogen und den skironischen Weg[25] verschüttet hatten, bauten sie auf Grund eines Beschlusses, den sie bei einer Beratung gefaßt hatten, quer über den Isthmus eine Mauer. Und da sie zu vielen Tausenden waren und jedermann mit Hand anlegte, wurde das Werk vollbracht. Steine und Ziegel, Holz und Körbe voll Sand wurden herbeigeschleppt und keine Stunde rasteten die zu Hilfe Herbeigeeilten von der Arbeit, weder bei Tag noch bei Nacht . . .

(72—73) Übersicht der am Isthmus versammelten Bundesgenossen.

(74) Die Hellenen am Isthmus arbeiteten also gemeinsam an diesem mühevollen Werk. Sie waren sich dabei bewußt, daß es nunmehr um das Ganze gehe, und hatten die Hoffnung aufgegeben, zur See den Sieg zu erringen. Als die Flotte bei Salamis davon erfuhr, war man dort in großer Angst, wobei sie nicht so sehr für sich selbst fürchteten wie für die Peloponnes. Anfangs trat einer zum andern und sie besprachen sich in aller Stille, wobei sie ihrer Verwunderung über die Unvernunft des Eurybiades Ausdruck gaben. Zuletzt aber brach der Unwille offen aus. Es wurde also ein Kriegsrat einberufen und über die gleichen Dinge viel hin

und her geredet. Die einen erklärten, es sei erforderlich, zu der Peloponnes zu fahren und um sie den Kampf aufzunehmen, nicht aber dazubleiben und um ein bereits unterjochtes Land zu kämpfen, während die Athener, Aigineten und Megarer erklärten, sie würden dableiben und sich hier zur Wehr setzen.

Die List des Themistokles

(75) Da verließ Themistokles, wie er von den Peloponnesiern überstimmt wurde, heimlich den Kriegsrat und schickte in das Lager der Meder auf einem Fahrzeug einen Mann, dem er aufgetragen hatte, was er dort sagen solle. Er hieß Sikinnos, gehörte zu dem Gesinde des Themistokles und war der Erzieher seiner Söhne. Themistokles hat ihn ja später, nach diesen Geschehnissen, zum Bürger von Thespiai, da die Thespiaier Neubürger aufnahmen, und zu einem wohlhabenden Mann gemacht. Als er jetzt auf seinem Fahrzeug ankam, sagte er zu den Feldherren der Barbaren folgendes: „Mich hat der Feldherr der Athener ohne Wissen der übrigen Hellenen geschickt — er steht nämlich auf der Seite des Großkönigs, und es ist ihm lieber, wenn ihr die Oberhand gewinnt als die Hellenen —, und ich soll euch sagen, daß die Hellenen Angst bekommen haben und darüber beraten, wie sie entrinnen könnten. Und nun bietet sich euch die Gelegenheit, die allerherrlichste Tat zu vollbringen, wenn ihr nicht zulasset, daß sie davonfahren. Denn sie sind untereinander nicht einig, und sie werden euch auch keinen Widerstand mehr leisten, und ihr werdet es erleben, daß sich zwei Parteien bilden, die sich zur See bekämpfen, die einen, die es mit euch halten, und die anderen, die es mit euch nicht halten."

(76) Als er ihnen dies kundgetan hatte, entfernte er sich unverzüglich. Die Perser schenkten der Mitteilung Glauben.

Einesteils landeten sie auf der kleinen Insel Psyttaleia[26], die zwischen Salamis und dem Festland liegt, starke persische Truppenabteilungen, andernteils führten sie, als es Mitternacht wurde, mit ihrem westlichen Flottenflügel eine Umzingelungsbewegung in Richtung auf Salamis durch. Auch die Einheiten, die um Keos[27] und Kynosura Aufstellung genommen hatten, stachen in See, und der ganze Sund bis Munichia[28] war mit ihren Schiffen bedeckt. Der Zweck dieser Bewegung war, den Hellenen jede Möglichkeit zur Flucht zu nehmen. Vielmehr sollten sie, in Salamis abgeschnitten, für die Kämpfe bei Artemision Buße bezahlen. Mit der Landung bei der Insel Psyttaleia beabsichtigten die Perser folgendes: wenn im Falle einer Seeschlacht hauptsächlich dorthin die Schiffbrüchigen und die Schiffstrümmer getrieben würden — die Insel lag ja in dem Sund, in dem voraussichtlich die Seeschlacht stattfinden würde —, sollte der eine Teil der Schiffbrüchigen gerettet, der andere vernichtet werden. Dies aber geschah in aller Stille, damit es die Gegner nicht erführen, und sie trafen ihre Vorbereitungen bei Nacht, ohne sich zur Ruhe zu begeben . . .

(78) Unter den Feldherren bei Salamis aber kam es zu einem ausgedehnten Wortgezänk. Sie wußten noch nicht, daß sie von den Schiffen der Barbaren umzingelt wurden. Vielmehr hatten sie noch das Bild der gleichen Aufstellung vor Augen wie am Tage zuvor und hielten diese für unverändert.

(79) Während die Feldherren noch in ihre Auseinandersetzungen verwickelt waren, kam von Aigina Aristeides, der Sohn des Lysimachos[29], der von dem Volk durch das Scherbengericht verbannt worden war und von dem ich in Kenntnis seines Charakters die Überzeugung gewonnen habe, daß er der beste Mann in Athen und auch der gerechteste war. Dieser Mann stellte sich vor dem Versammlungsraum auf und ließ den Themistokles herausrufen, der mit ihm zwar nicht auf freundschaftlichem Fuße stand, vielmehr ihm

höchst feindlich gesinnt war. Aber unter dem Eindruck der augenblicklichen schweren Notlage vergaß er dies und ließ den Themistokles herausrufen in dem Wunsche, sich mit ihm zu besprechen. Er hatte gehört, daß sich das peloponnesische Aufgebot beeilte, zum Isthmus mit den Schiffen zu fahren. Wie aber Themistokles herauskam, sagte Aristeides folgendes: „Unser Streit muß auch sonst jederzeit, besonders aber jetzt nur darauf gerichtet sein, wer von uns beiden dem Vaterland mehr Gutes erweisen wird. Ich sage dir aber, daß es für die Peloponnesier auf das Gleiche herauskommt, ob sie viele oder wenige Worte über ihre Abfahrt von hier machen. Denn was ich dir sage, habe ich mit eigenen Augen gesehen: auch wenn die Korinthier und Eurybiades es wollten, wären sie jetzt nicht in der Lage, wegzufahren. Denn wir sind von den Feinden eingekreist. Darum gehe hinein und tue ihnen dies kund!"

(80) Themistokles gab ihm folgende Antwort: „Dein Rat ist ganz vortrefflich und deine Botschaft erfreulich. Denn das, was ich wünschte, ist eingetreten, und du bist gekommen und hast es mit eigenen Augen gesehen. So wisse denn, daß das, was die Meder tun, auf meine Veranlassung geschieht. Man mußte ja die Hellenen, wenn sie sich nicht freiwillig zum Kampf stellen wollten, auch wider ihren Willen uns zur Seite stellen. Da du aber mit einer so erfreulichen Botschaft gekommen bist, überbringe sie ihnen persönlich. Falls ich ihnen dies sage, werde ich den Anschein erwecken, als ob ich leeres Geschwätz verführe, und ich werde sie nicht überzeugen, da nach ihrer Meinung die Barbaren dies doch nicht tun. Darum tritt selbst vor ihnen auf und tue ihnen kund, wie die Lage steht. Wenn du es ihnen kundgetan hast und sie lassen sich überzeugen, dann ist ja alles in bester Ordnung. Findest du aber bei ihnen keinen Glauben, so kann uns dies gleichgültig sein. Denn sie werden nicht mehr davonlaufen, sofern wir, wie du ja behauptest, eingeschlossen sind."

(81) Aristeides trat vor den Kriegsrat und legte dar, daß er von Aigina komme und mit Mühe, unbemerkt von den auf Wache liegenden Schiffen, ausgelaufen sei. Denn die ganze hellenische Flotte sei von den Schiffen des Xerxes eingeschlossen. Er riet ihnen, zur Gegenwehr alle Maßnahmen zu treffen. Als er dies vorgebracht hatte, trat er ab. Da begannen sie aufs neue, sich herumzustreiten. Die Mehrzahl der Feldherren wollten der Mitteilung keinen Glauben schenken.

(82) Während sie in ihrem Unglauben verharrten, kam ein Dreiruderer mit einer Bemannung von Tenos[30] an, der zu ihnen überging. Sein Kommandant war Panaitios, der Sohn des Sosimenes. Dieses Schiff überbrachte ihnen vollends die ganze Wahrheit. Wegen dieser Tat wurden die Tenier auf dem Dreifuß in Delphi unter denen aufgeführt, die den Barbaren vernichtet hatten. Mit diesem Schiffe nun, das bei Salamis übergegangen war, und mit dem lemnischen, das schon früher bei Artemision zu ihnen gestoßen war, wurde die hellenische Flotte auf dreihundertundachtzig Schiffe ergänzt. Bisher hatten ja an dieser Zahl zwei Schiffe gefehlt.

Die Seeschlacht bei Salamis

(83) Als für die Hellenen die Zuverlässigkeit der Aussagen der Tenier feststand, trafen sie ihre Vorkehrungen für die bevorstehende Seeschlacht. Als der Morgen graute, beriefen sie eine Versammlung der Schiffsbesatzungen, und Themistokles hielt eine Rede, die sich vor allen anderen durch ihre Trefflichkeit auszeichnete. Seine Ausführungen waren ganz darauf gerichtet, die edleren menschlichen Regungen den minderwertigeren entgegenzustellen. Von all diesen Regungen, die dem Menschen, wie er nun einmal von Natur ist, innewohnen, forderte er auf, nunmehr den edleren Raum zu geben, und beendete seine Rede mit dem Befehl, die

Schiffe zu besteigen. Und sie gingen nun an Bord ... Darauf stachen die Hellenen mit ihren gesamten Schiffen in See.

(84) Wie sie losfuhren, wurden sie sofort von den Barbaren angegriffen. Die übrigen Hellenen wollten nun langsam rückwärts rudern und ihre Schiffe auf den Strand treiben lassen. Da stieß Ameinias aus Pallene[31], ein Athener, der aus der Linie vorgeprellt war, auf ein feindliches Schiff auf. Da sich sein Schiff festrammte und die beiden nicht mehr voneinander loskommen konnten, eilten die anderen Schiffe dem Ameinias zu Hilfe und es entspann sich ein Kampf. So hat nach der Behauptung der Athener die Schlacht begonnen. Die Aigineten aber sagen, das zu den Aiakiden[32] nach Aigina geschickte Schiff sei es gewesen, das begonnen habe. Auch wird folgendes erzählt: es sei ihnen die Gestalt einer Frau erschienen, und diese habe ihnen so laut Mut zugesprochen, daß es die ganze Flotte der Hellenen gehört habe. Zuerst jedoch habe sie die Hellenen mit folgenden Worten gescholten: „Ihr Verblendeten! Wie weit wollt ihr denn noch rückwärts rudern!“

(85) Gegenüber den Athenern waren die Phoiniker aufgestellt. Diese bildeten ja den westlichen Flügel gegen Eleusis zu. Gegenüber den Lakedaimoniern standen die Ioner. Diese bildeten den östlichen Flügel gegen den Peiraieus hin. Allerdings waren es nur wenige von den Ionern, die der Aufforderung des Themistokles nachkamen und sich im Kampfe schlecht schlugen. Die Mehrzahl kam der Aufforderung nicht nach. Ich könnte nun die Namen von vielen Trierarchen aufzählen, die hellenische Schiffe erbeutet haben, will aber davon keinen Gebrauch machen und nur Theomestor, den Sohn des Androdamas, und Phylakos, den Sohn des Histiaios, die beide aus Samos stammten, nennen. Der Grund, weshalb ich nur dieser beiden gedenke, liegt darin, daß Theomestor wegen dieser Tat Tyrann von Samos wurde, wo ihn die Perser dazu einsetzten, während Phylakos als „Wohltäter des Großkönigs“ eingetragen und ihm ein

großes Stück Land geschenkt wurde. Die „Wohltäter des Großkönigs“ heißen in persischer Sprache „Orosangai“.

(86) So verhielt es sich mit diesen. Aber die große Masse der Schiffe wurde bei Salamis in den Grund gebohrt, der eine Teil von den Athenern, der andere von den Aigineten. Denn da die Hellenen in disziplinierter Ordnung und in geschlossener Formation zur See kämpften, während die Barbaren ihre Aufstellung nicht mehr einhielten und ohne jede Überlegung handelten, so war es unausbleiblich, daß die Schlacht für sie einen solchen Verlauf nahm, wie sie ihn denn auch wirklich genommen hat. Und doch waren die Barbaren — und bewiesen dies auch — an diesem Tage viel tüchtiger und strengten sich über die Maßen an, weit mehr als bei Euboia. Jedermann setzte sich ganz ein und fürchtete sich zugleich vor Xerxes, da jeder glaubte, dieser richte seinen Blick gerade auf ihn.

(87) Was nun die übrigen betrifft, so bin ich nicht in der Lage, einzeln anzugeben, wie jeder der Barbaren oder der Hellenen gekämpft hat. Mit Artemisia aber trug sich folgender Vorfall zu, der Anlaß dazu gab, daß sie bei dem Großkönig sich noch größeres Ansehen verschaffte. Als die Lage des Großkönigs sich höchst bedenklich gestaltete, in diesem Zeitpunkt wurde Artemisia von einem attischen Schiff verfolgt. Und da sie keine Möglichkeit zur Flucht hatte — vor ihr lagen andere befreundete Schiffe und ihr eigenes war den feindlichen ganz nahe —, entschloß sie sich, das zu tun, was dann auch wirklich zum Erfolg führte. Wie sie von dem attischen Schiff in schneller Fahrt verfolgt wurde, fuhr sie auf ein befreundetes Schiff los, das mit Leuten aus Kalyndos bemannt war und auf dem Damasithymos, der König der Kalynder, selbst fuhr. Mag sie nun mit diesem irgendeinen Streit gehabt haben, solange sie noch am Hellespont gewesen waren, jedenfalls vermag ich nicht zu sagen, ob sie absichtlich dies getan hat oder ob der Zusammenstoß mit dem kalyndischen Schiff aus Zufall erfolgt

ist. Wie sie nun dieses Schiff rammte und versenkte, da schlug ihr dieser Vorfall zum Glück aus, und sie verschaffte sich einen doppelten Gewinn. Als nämlich der Trierarch des attischen Schiffes sah, daß sie sich auf ein Schiff der Barbaren stürzte, glaubte er, das Schiff der Artemisia sei entweder ein hellenisches oder es gehe von den Barbaren zu den Hellenen über, um diesen beizustehen. Darum drehte er ab und wandte sich gegen andere Schiffe.

(88) Einerseits gelang es ihr, auf solche Weise zu entfliehen, andererseits traf es sich, daß sie dank dem Unheil, das sie angerichtet hatte, bei Xerxes höchstes Ansehen erlangte. Wie nämlich erzählt wird, bemerkte Xerxes, daß das Schiff zum Angriff überging, und einer aus seiner Umgebung sagte: „Herrscher! Siehst du die Artemisia, wie trefflich sie kämpft und ein feindliches Schiff versenkt hat!“ Und Xerxes habe gefragt, ob dies wirklich das Werk der Artemisia sei. Diejenigen, die das Abzeichen ihres Schiffes genau kannten, hätten dies bestätigt. Das in Grund gebohrte Schiff aber hielten sie für ein feindliches. Schlugen alle übrigen Umstände ihr zum Heil aus, so hatte sie noch das besondere Glück, daß von dem kalyndischen Schiff niemand gerettet wurde und so zum Ankläger hätte werden können. Xerxes soll auf diese Äußerungen hin gesagt haben: „Die Männer sind mir zu Weibern und die Weiber zu Männern geworden.“

(89) In dieser Schlacht kamen der Feldherr Ariabignes, der Sohn des Dareios, ein Bruder des Xerxes, und noch zahlreiche namhafte Perser und Meder und Bundesgenossen um, jedoch nur einige wenige Hellenen. Denn da diese zu schwimmen verstanden, schwammen die, deren Schiffe in Grund gebohrt wurden, soweit sie nicht im Nahkampf umgekommen waren, nach Salamis hinüber. Von den Barbaren aber ertranken die meisten, da sie nicht schwimmen konnten. Als aber die ersten Schiffe die Flucht ergriffen, wurden die meisten vernichtet. Denn die Flottenmannschaften, die mit ihren Schiffen rückwärts aufgestellt waren, versuchten,

mit ihren Schiffen an den fliehenden vorbei nach vorwärts zu kommen, um auch ihrerseits dem Großkönig eine Leistung vorzuführen, und stießen dabei mit den fliehenden zusammen.

(90) In diesem Getümmel kam es auch zu folgendem Vorfall: Einige Phoiniker, deren Schiffe in den Grund gebohrt waren, wandten sich an den Großkönig und verdächtigten die Ioner, diese seien schuld daran, daß sie ihre Schiffe verloren hätten, da von ihnen Verrat geübt worden sei. Aber es kam nun nicht so, daß die ionischen Schiffsbefehlshaber mit dem Tode bestraft wurden, vielmehr die phoinikischen Verleumder den gebührenden Lohn davontrugen: während sie noch diese Beschuldigungen vorbrachten, stieß ein samothrakisches Schiff auf ein attisches. Das attische wurde in Grund gebohrt und das samothrakische von einem aiginetischen, das eilends heranfuhr, ebenfalls. Da nun die Samothraker Speerschützen sind, holten sie mit ihren Speerwürfen die Besatzung des Schiffes, das das ihrige versenkte, herunter, bestiegen das Schiff und nahmen es in Besitz. Dieses Vorkommnis rettete die Ioner.Denn wie Xerxes sie eine heldenhafte Tat vollbringen sah, wandte er sich an die Phoiniker und, da er sehr aufgebracht war und ihnen allen Vorwürfe machte, befahl er, sie zu enthaupten, damit sie nicht bei eigenem feigen Verhalten auch noch die Tüchtigeren verleumden. So oft nämlich Xerxes einen von seinen Leuten in der Seeschlacht irgendeine Heldentat vollbringen sah, erkundigte er sich, am Fuß des Berges gegenüber Salamis, der Aigaleos heißt, sitzend, wer dies gewesen sei. Und die Schreiber notierten den Trierarchen mit seinem Vatersnamen und seiner Heimatstadt. Zudem trug auch die Freundschaft des Persers Ariaramnes mit den Ionern, der gerade da war, dazu bei, daß die Phoiniker dieses Schicksal erlitten.

(91) So ging man also gegen die Phoiniker vor. Als aber die Barbaren die Flucht ergriffen und in Richtung auf Phaleron wegfuhren, da verrichteten die Aigineten, die sich in

dem Sund auf Lauer gelegt hatten, denkwürdige Taten. Die Athener auf der einen Seite bohrten in dem Getümmel alle Schiffe, die ihnen Widerstand leisteten, und diejenigen, die zu entkommen suchten, in den Grund, die Aigineten auf der anderen Seite die Schiffe, denen es glückte, davonzufahren. Wenn einige den Athenern entronnen waren, fielen sie in ihrer eiligen Fahrt den Aigineten in die Hände ...

(93) ... Die Barbaren, die sich mit ihren Schiffen retteten, gelangten auf der Flucht nach Phaleron und stellten sich unter den Schutz des Landheeres. In dieser Seeschlacht erlangten den Ruhm der höchsten Tapferkeit die Aigineten, an zweiter Stelle kamen die Athener. Unter den einzelnen Mannschaften zeichneten sich an erster Stelle Polykritos aus Aigina und die beiden Athener Eumenes, der Sohn des Anagyrasis, und Ameinias aus Pallene aus, der auch die Artemisia verfolgt hatte. Hätte er nun gewußt, daß auf diesem Schiffe Artemisia fuhr, hätte er nicht früher geruht, als bis sie in seine oder er in ihre Hände gefallen wäre. Denn den athenischen Trierarchen war ein Befehl zugegangen, sie lebendig zu fangen, und dafür war noch ein Preis von zehntausend Drachmen ausgesetzt. Sie betrachteten es als eine Schande, daß eine Frau gegen Athen zu Felde ziehe. Ihr war es also, wie schon oben gesagt, gelungen zu entfliehen. Aber auch die anderen, die sich mit ihren Schiffen gerettet hatten, befanden sich in Phaleron.

(94) Von dem korinthischen Feldherrn Adeimantos erzählen die Athener, er habe gleich bei Beginn, wie die Schiffe aufeinanderstießen, in Bestürzung und übermäßiger Angst die Segel aufgezogen und sei geflohen. Wie die Korinthier das Führerschiff die Flucht ergreifen sahen, hätten sie gleichermaßen die Flucht ergriffen. Wie sie nun auf ihrer Flucht in die Nähe des Tempels der Athena Skiras[33] auf Salamis gekommen seien, sei auf Grund göttlicher Fügung ein Schnellsegler rasch auf sie zugefahren. Es sei nie bekannt geworden, wer dieses Schiff ausgesandt habe, und es habe

sich den Korinthiern genähert, ohne daß diese etwas davon wußten, wie es mit der Flotte gegangen war. Aus folgendem aber schließen sie, daß es sich um ein Eingreifen der Götter handelte: Als der Schnellsegler in die Nähe der korinthischen Schiffe gekommen sei, habe dessen Besatzung gerufen: „Adeimantos! Du hast mit deinen Schiffen kehrtgemacht und bist davongeflohen. Damit bist du zum Verräter an den Hellenen geworden. Aber diese haben ja bereits gesiegt, und zwar so, wie sie nur wünschen konnten, über ihre Feinde Herr zu werden." Diesen Worten habe Adeimantos keinen Glauben geschenkt, und daraufhin hätten sie weiterhin erklärt, sie seien bereit, als Geiseln mitzufahren und den Tod zu erleiden, wenn sich nicht herausstellen würde, daß die Hellenen gesiegt haben. So habe Adeimantos sein Schiff wieder gedreht und die anderen mit ihm, und er sei zu der Flotte gekommen, als die Schlacht geschlagen war. Solche Kunde wird von den Athenern über die Korinthier verbreitet. Freilich geben sie selbst dies nicht zu, sondern behaupten, sie hätten sich in der Seeschlacht ganz besonders ausgezeichnet. Dies bezeugt ihnen auch das übrige Hellas.

(95) Aristeides aber aus Athen, der Sohn des Lysimachos, den ich kurz zuvor als einen ganz hervorragenden Mann erwähnt habe, führte in dieser wilden Schlacht, die sich um Salamis abspielte, folgende Unternehmung aus. Er nahm eine große Anzahl Hopliten, die am Strand des Salaminischen Gebietes Stellung bezogen hatten, lauter gebürtige Athener, und setzte sie auf der Insel Psyttaleia an Land. Dort erschlugen sie alle Perser, die sich auf dieser kleinen Insel befanden.

(96) Als die Seeschlacht ihr Ende gefunden hatte, zogen die Hellenen alle Schiffstrümmer, die sich dort befanden, auf Salamis an Land. Sie waren auf eine zweite Seeschlacht gefaßt und glaubten, mit den Schiffen, die ihm übriggeblieben waren, werde es der Großkönig weiterhin versuchen ...

(97) Als sich Xerxes des Ausmaßes des Unglücks, das

über ihn hereingebrochen war, bewußt wurde, fürchtete er, es möchte einer der Ioner den Hellenen den Rat geben oder sie möchten auch von sich aus auf den Gedanken kommen, zum Hellespont zu fahren und die Brücken abzubrechen, und so könnte er in die Gefahr kommen, in Europa abgeschnitten und vernichtet zu werden. Und so überlegte er die Flucht.

(98—106) Xerxes entschließt sich zum Rückzug. Beratung mit Mardonios (Artemisia).

(107—108) Die persische Flotte zieht sich zurück und wird von der hellenischen bis Andros verfolgt.

Die Botschaft des Themistokles an Xerxes durch Sikinnos

(109) Als Themistokles erkannte, daß er die Mehrheit der Feldherren nicht dazu überreden könne, zum Hellespont zu fahren, änderte er seine Einstellung gegenüber den Athenern. Diese waren ja ganz besonders darüber empört, daß ihnen die Feinde entronnen waren, und entschlossen, zum Hellespont zu fahren und dies ganz allein auf sich zu nehmen, falls die andern sich nicht beteiligen wollten. Und so sagte er zu ihnen: „Ich habe es schon vielfach persönlich erlebt — und noch viel öfter habe ich es von anderen gehört —, daß es so gegangen ist: Männer haben, in die äußerste Notlage gedrängt, auch wenn sie besiegt waren, den Kampf wieder aufgenommen und die Scharte ausgewetzt. Wir wollen daher — es ist uns ja das Glück zuteil geworden, daß wir eine so gewaltige Wolke von Menschen verscheucht haben — Männer, die auf der Flucht sind, nicht verfolgen. Denn was sich uns hier darbietet, ist nicht unser Werk, sondern das von Göttern und Heroen, die es nicht gelitten haben, daß ein einziger Mann über Asien und Europa als König gebiete, und zwar ein gottloser und frevelhafter, der die Tempel und die privaten Gebäude

gleichermaßen den Flammen überantwortete und die Götterbilder umgestürzt hat, ja der sogar das Meer gepeitscht und Fesseln hineingesenkt hat. Vielmehr wollen wir, da sich die Lage für uns günstig gestaltet hat, jetzt in Griechenland bleiben und für uns selbst und für unsere Familien sorgen. Jeder soll sein Haus wieder aufbauen und für die Aussaat Sorge tragen, da er den Barbaren ganz vertrieben hat. Mit Frühlingsbeginn wollen wir dann zum Hellespont und nach Ionien fahren." Dies sagte er, weil er sich ein Dankespfand bei dem Perser verschaffen wollte, um für den Fall, daß ihm irgendein Mißgeschick seitens der Athener zustoßen sollte, eine Zufluchtstätte zu haben, was denn auch wirklich eingetreten ist[34].

(110) Themistokles suchte durch diese Worte die Athener zu täuschen, und diese ließen sich überreden. Denn da er schon vorher in dem Ruf eines weisen Mannes gestanden war und sich jetzt als wirklich weiser und guter Ratgeber erwies, waren sie durchaus bereit, seinen Ratschlägen zuzustimmen. Als Themistokles diese zu seiner Meinung bekehrt hatte, schickte er unmittelbar darauf auf einem Fahrzeug zu dem Großkönig Leute ab, denen er zutraute, daß sie, dort angekommen, gegenüber jedem peinlichen Verhör Stillschweigen üben würden über all das, was er ihnen zur Mitteilung an den Großkönig persönlich auftrug. Bei ihnen war auch diesmal der zu seinem Hausstand gehörige Sikinnos. Als sie nach Attika kamen, blieben die einen auf dem Fahrzeug, Sikinnos aber begab sich zu Xerxes auf das Schiff und sagte folgendes: „Mich schickt Themistokles, der Sohn des Neokles, der Feldherr der Athener, ein Mann, der der tüchtigste und weiseste unter allen Verbündeten ist, um dir mitzuteilen, daß der Athener Themistokles in dem Wunsche, dir zu Diensten zu sein, die Athener zurückgehalten hat, als sie deine Schiffe verfolgen und die Brücken am Hellespont abbrechen wollten. Und jetzt magst du in aller Ruhe den Rückzug antreten!"

(111) Als sie dies kundgetan hatten, fuhren sie wieder zurück. Da die Hellenen aber von ihrem Beschluß abgekommen waren und nicht mehr weiter die Schiffe der Barbaren zu verfolgen beabsichtigten und auch nicht mehr zum Hellespont fahren wollten, um die Brücke abzubrechen, belagerten sie Andros, das sie erobern wollten.

(111–112) Belagerung von Andros und Bestrafung von Paros und Karystos.

(113–120) Das Landheer der Perser zieht unter Mardonios nach Thessalien ab. Rückzug des Xerxes.

(121–122) Auswahl der Weihgeschenke. Verteilung der Beute.

Siegerehrung. Themistokles in Sparta

(123) Nach der Verteilung der Beute fuhren die Hellenen zum Isthmus, um den Siegespreis demjenigen unter den Hellenen zu erteilen, der sich dieser Ehrung im Verlauf des Krieges am würdigsten erwiesen habe. Nach ihrer Ankunft verteilten die Feldherren die Stimmsteine an dem Altar des Poseidon, um aus der Gesamtheit den ersten und zweiten Sieger zu bestimmen. Da gab ein jeder von ihnen sich selbst die Stimme, weil jeder von sich glaubte, er habe sich als der tapferste erwiesen. An zweiter Stelle fielen die meisten Stimmen auf Themistokles. Die einen erhielten also nur eine Stimme für den ersten Preis, als zweiter Sieger aber ging Themistokles mit großer Stimmenmehrheit hervor.

(124) Obgleich die Hellenen aus gegenseitigem Neid keine Entscheidung über die Zuerkennung des Preises fällen wollten, sondern jeder, ohne daß eine Entscheidung gefallen wäre, nach Hause fuhr, erklang doch durch ganz Hellas der Ruhm des Themistokles, und er wurde für den weitaus klügsten Mann unter den Hellenen gehalten. Weil er jedoch seitens derer, die bei Salamis in der Seeschlacht

gekämpft hatten, nicht als Sieger geehrt worden war, ging er unmittelbar darauf nach Lakedaimon in dem Wunsche, dort dieser Ehre teilhaftig zu werden. Diese bereiteten ihm einen glänzenden Empfang und erwiesen ihm hohe Ehren. Den Preis der Tapferkeit verliehen sie allerdings dem Eurybiades, nämlich einen Olivenkranz, den Preis der Weisheit und Geschicklichkeit jedoch verliehen sie dem Themistokles, ebenfalls einen Olivenkranz. Außerdem beschenkten sie ihn mit dem schönsten Wagen, den es in Sparta gab. Sie brachten ihm vielfache Huldigungen dar und gaben ihm bei seiner Abreise dreihundert auserlesene Spartiaten, die sogenannten Ritter[35], als Geleit bis zu der Grenze von Tegea mit. Er war sicher der einzige in der ganzen Welt, soweit meine Kenntnis reicht, dem die Spartiaten ein Geleite gegeben haben.

(125) Als Themistokles von Lakedaimon nach Athen kam, schmähte ihn Timodemos aus Aphidnai[36], der zu den Widersachern des Themistokles gehörte und im übrigen nicht zu den angesehenen Männern zählte, außer sich vor Neid und warf ihm seine Reise nach Lakedaimon vor, wobei er behauptete, Themistokles habe es nur Athen zu verdanken, daß ihm diese Ehrungen von den Lakedaimoniern zuteil geworden seien, und nicht seiner eigenen Person. Als Timodemos mit diesen Vorwürfen nicht aufhörte, sagte Themistokles: „Ja, fürwahr, so ist es. Weder wäre ich, wenn ich ein Belbiniter[37] wäre, so von den Spartiaten geehrt worden, noch du, Mensch, wenn du ein Athener wärest."

(126—129) Eroberung von Olynth durch Artabazos und sein vergeblicher Versuch, Poteidaia zu erobern.

(130—144) Überwinterung der persischen Flotte bei Kyme, der hellenischen bei Aigina. Befragung der hellenischen Orakel durch den Karer Mys im Auftrag des Mardonios. Verhandlungen des Makedoniers Alexandros mit Athen. Ursprung des makedonischen Königshauses.

NEUNTES BUCH

Zweiter Einfall der Perser in Attika

(1) Mardonios brach von Thessalien auf und führte sein Heer in Eilmärschen gegen Athen. Wohin er immer kam, schleppte er die Einwohner mit. Die Fürsten in Thessalien[1] aber empfanden keine Reue über ihr früheres Verhalten, ja sie stachelten die Perser noch viel mehr auf, und Thorax von Larisa, der den Xerxes auf der Flucht geleitet hatte, gestattete jetzt ganz offen dem Mardonios den Durchzug nach Hellas.

(2) Als das Heer auf seinem Marsch in Boiotien ankam, suchten die Thebaner dem Mardonios den Weg zu verlegen und betätigten sich als seine Ratgeber mit der Behauptung, es gebe keine geeignetere Gegend für ein Lager[2] als eben bei ihnen, und rieten ihm, nicht weiterzuziehen, sondern hier haltzumachen und zu erreichen, daß er ganz Hellas ohne Schwertstreich unterwerfe. Denn auf dem Wege der Gewalt über die Hellenen, wenn diese einig seien — und sie seien ja auch schon früher eines Sinnes gewesen —, Herr zu werden, sei schwierig, selbst wenn die ganze übrige Welt zusammenstünde. „Wenn du so handelst", erklärten sie, „wie wir dir ernstlich raten, wirst du ohne Mühe über alle Beschlüsse, die die Hellenen fassen, selbst bestimmen. Schicke nur Geld zu den Machthabern in den Städten! Damit wirst du Hellas spalten, und dies wird für dich die Grundlage dafür sein, daß du alle, die es nicht mit dir halten, leicht mit deinen Anhängern unterwerfen wirst."

(3) Diesen Rat gaben sie ihm. Aber er ließ sich nicht überreden. Vielmehr war er von dem starken Verlangen beseelt, Athen zum zweitenmal einzunehmen, wobei ihn teils Unverstand, teils auch der Glaube leitete, durch Feuerzeichen von Insel zu Insel dem Großkönig, der in Sardes weilte, kundzutun, daß Athen in seinen Händen sei.

Auch diesmal traf er bei seiner Ankunft in Attika die Athener nicht an, sondern er erfuhr, daß die meisten bei Salamis sich auf ihren Schiffen befinden. Und so nahm er die Stadt ein, ohne daß sich in ihr Einwohner befanden. Zwischen der Einnahme der Stadt durch den Großkönig und dem später erfolgten Zug des Mardonios lag ein Zeitraum von zehn Monaten[3] . . .

(6) Den Übergang nach Salamis hatten die Athener folgendermaßen durchgeführt: Solange sie noch erwarteten, daß ein Heer von der Peloponnes ihnen zu Hilfe komme, blieben sie in Attika. Wie aber diese Hilfesendung sich immer weiter hinausschob und sich immer mehr verzögerte, während der Feind angeblich schon in Boiotien stand, da nun brachten sie alles in Sicherheit nach Salamis und gingen selbst hinüber. Nach Lakedaimon schickten sie Boten und gaben ihrem Mißmut darüber Ausdruck, daß die Lakedaimonier ruhig zuschauten, wie die Barbaren in Attika einfielen, und nicht im Bunde mit ihnen diesen nach Boiotien entgegengezogen seien. Zugleich erinnerten sie an all die Versprechungen, die ihnen der Perser gemacht hatte, wenn sie ihre Haltung änderten, und ließen ankündigen, wenn sie den Athenern nicht helfen würden, würden sie schon irgendeinen Weg zur Selbsthilfe finden.

(7) Die Lakedaimonier feierten in dieser Zeit ein Fest, und zwar waren es die Hyakinthien[4], und es war ihnen das wichtigste Anliegen, die gottesdienstlichen Handlungen zu verrichten. Zugleich war die Mauer, die sie auf dem Isthmus anlegten, bereits bis zu der Brustwehr gediehen. Wie die athenischen Boten nach Lakedaimon kamen — sie brachten auch noch solche aus Megara und Plataiai mit —, wandten sie sich an die Ephoren und brachten folgendes vor: „Uns haben die Athener geschickt mit der Erklärung, daß uns der König der Meder unser Land zurückgibt und daß er uns zugleich auf der Grundlage völliger Gleichheit ohne Hinterlist und Betrug zu seinen Bundesgenossen machen

will, ferner daß er gewillt ist, zu unserem bisherigen Land hinzu uns noch weiteres zu geben, das wir uns selbst auswählen sollen. Wir aber haben Ehrfurcht vor dem hellenischen Zeus und halten es für eine gemeine Handlung, Hellas zu verraten. Deshalb haben wir dem Vorschlag nicht zugestimmt, sondern haben ihn abgelehnt, obgleich wir von Hellenen ungerecht behandelt und im Stich gelassen worden sind und obgleich es uns bewußt ist, daß es vorteilhafter ist, mit dem Perser sich zu verständigen, als mit ihm Krieg zu führen. Keinesfalls werden wir jedoch freiwillig mit ihm eine Übereinkunft schließen. Unsere Handlungsweise gegenüber den Hellenen beruht so auf ehrlicher Grundlage. Ihr aber gerietet damals in tiefste Bestürzung, wir möchten uns mit dem Perser verständigen, und nun, da ihr unsere Gesinnung genau kennengelernt habt, nämlich daß wir niemals Hellas verraten werden, und zugleich weil die Mauer, die ihr über den Isthmus baut, fast fertig ist, da nehmt ihr vollends keine Rücksicht mehr auf die Athener. Obgleich ihr mit uns verabredet hattet, dem Perser nach Boiotien entgegenzuziehen, habt ihr uns im Stich gelassen und habt es ruhig mit angesehen, daß der Barbar in Attika einfiel. Bis zu dem heutigen Tag grollen euch daher die Athener. Denn ihr habt nicht gehandelt, wie es sich gehört hätte. Jetzt aber haben sie euch aufgefordert, so schnell wie möglich zugleich mit uns ein Heer auszusenden, damit wir den Barbaren in Attika empfangen. Denn da wir Boiotien verloren haben, ist in unserem Land das geeignetste Kampffeld die Thriasische Ebene[5]."

(8) Als die Ephoren dies hörten, verschoben sie die Antwort auf den folgenden Tag, vom folgenden auf den nächsten. Und dies setzten sie zehn Tage lang fort, indem sie die Antwort immer von einem Tag auf den anderen aufschoben. In dieser Zeit befestigten die Peloponnesier mit ihrem gesamten Aufgebot in großer Eile den Isthmus, und es gelang ihnen, die Befestigungsanlage zu Ende zu führen ...

(9) Endlich gaben sie Antwort, und der Ausmarsch der Spartiaten ging folgendermaßen vor sich: Am Tage vor der letzten Sitzung, die für das Auftreten der Boten in Aussicht genommen war, erfuhr Chileos aus Tegea, der von den Fremden in Lakedaimon den größten Einfluß besaß, von den Ephoren die ganze Rede, die die Athener gehalten hatten. Wie dies Chileos gehört hatte, gab er ihnen folgende Erklärung ab: „So ist die Lage, Ephoren! Wenn die Athener uns nicht gewogen sind, dafür aber sich dem Barbaren als Bundesgenossen zur Verfügung stellen, dann sind, auch wenn über den Isthmus eine starke Mauer gezogen ist, dem Perser die Tore weit geöffnet zur Peloponnes. Darum höret auf sie, ehe die Athener einen anderen Beschluß fassen, der Hellas Verderben bringt!"

(10) Diesen Rat gab er ihnen. Sie nahmen sich sofort seine Worte zu Herzen, sagten aber den Boten, die von den Städten gekommen waren, kein Wort, schickten noch in der gleichen Nacht fünftausend Spartiaten aus, wobei sie zu jedem sieben Heloten stellten, und übertrugen dem Pausanias, dem Sohn des Kleombrotos, die Führung . . .

(11) Pausanias und seine Leute waren also aus Sparta ausmarschiert. Die Boten aber gingen, ohne daß sie etwas über den Ausmarsch erfahren hatten, bei Tagesanbruch zu den Ephoren. Sie hatten die Absicht, nunmehr ihrerseits abzureisen, jeder in seine Stadt. Als sie vor die Ephoren traten, sagten sie folgendes: „Bleibt, ihr Lakedaimonier, nur hier, feiert euer Hyakinthienfest, führt eure Spiele auf und verratet eure Bundesgenossen! Die Athener werden, da sie von euch ungerecht behandelt werden, aus Mangel an Bundesgenossen sich mit dem Perser aussöhnen, so gut es eben geht. Nach der Aussöhnung aber — es ist ja klar, daß wir Bundesgenossen des Großkönigs werden — werden wir mit ihm gegen jedes Land ziehen, in das jene uns führen. Ihr aber werdet von nun an erfahren, was dies für Folgen für euch haben wird." Als dies die Boten sagten,

versicherten die Ephoren eidlich, nach ihrer Meinung müsse man ja schon auf dem Marsch gegen die Fremden bei dem Oresteion[6] sein (unter „Fremden" verstanden sie die Barbaren). Da jene nichts von dem Vorgang wußten, fragten sie, wie diese Äußerung zu verstehen sei. Darauf erfuhren sie den ganzen Vorgang. Sie verwunderten sich sehr und machten sich eilends hinter ihnen her auf den Weg. Ihnen schlossen sich von den lakedaimonischen Periöken[7] fünftausend auserlesene Mannschaften an.

(12) Diese marschierten also in Eilmärschen zum Isthmus. Sobald aber die Argeier erfuhren, daß Pausanias mit seinem Heer aus Sparta ausmarschiert war, schickten sie einen Herold — es war der schnellste Läufer, den sie ausfindig gemacht hatten — nach Attika. Sie hatten schon früher dem Mardonios versprochen, die Spartiaten an dem Ausmarsch zu verhindern. Als dieser in Athen ankam, sagte er folgendes: „Mardonios! Mich haben die Argeier geschickt, um dir mitzuteilen, daß die junge Mannschaft aus Sparta ausmarschiert ist und daß die Argeier nicht in der Lage sind, sie von ihrem Ausmarsch zurückzuhalten. Überlege es dir wohl und triff dagegen deine Maßnahmen!"

(13) Nach diesen Worten machte er sich wieder auf den Heimweg. Dem Mardonios aber war jede Lust vergangen, in Attika fernerhin zu bleiben, wie er dies gehört hatte. Ehe er nun dies erfahren hatte, hatte er sich ruhig verhalten, weil er in Erfahrung bringen wollte, was denn die Athener tun werden. Weder plünderte noch brandschatzte er das attische Land, wobei er die ganze Zeit hoffte, er würde mit ihnen zu einer Übereinkunft gelangen. Als er sie aber nicht umstimmen konnte und er den ganzen Sachverhalt erfuhr, steckte er Athen in Brand und zog sich zurück, noch ehe Pausanias mit seinen Leuten zum Isthmus kam. Wenn noch irgendein Stück von den Mauern oder von den privaten Gebäuden oder von den Tempeln stand, stürzte er alles um und machte es zu einem Trümmerhaufen.

Der Grund seines Abzugs lag darin, daß Attika in keiner Weise für den Reiterkampf geeignet war und daß ihm, falls er bei einem Zusammenstoß besiegt würde, keine andere Rückzugsstraße zur Verfügung stand als durch Engpässe, so daß schon eine Handvoll Leute sie hätte aufhalten können. Er plante daher, nach Theben zurückzukehren, um in der Nähe einer befreundeten Stadt und auf einem für den Reiterkampf geeigneten Gelände zu kämpfen.

(13—18) Mardonios zieht sich nach Boiotien zurück.

(19—24) Die vereinigten Peloponnesier und Athener rükken in Boiotien ein.

(25—32) Größe und Aufstellung des hellenischen und des persischen Heeres.

(33—38) Opfer vor der Schlacht.

(39—43) Mardonios entschließt sich zur Schlacht.

(44—45) Alexandros von Makedonien warnt die Athener.

(46—57) Die Athener und Spartaner wechseln ihre Stellung und kehren dann wieder zu der ursprünglichen zurück. Die Hellenen, von Mardonios bedrängt, beschließen, eine neue Stellung zu beziehen, und ziehen bei Nacht ab.

Schlacht bei Plataiai

(58) Als Mardonios erfuhr, daß die Hellenen unter dem Schutze der Nacht abgezogen waren und die Stellung geräumt war, rief er den Thorax von Larisa und dessen Brüder Eurypilos und Thraydaios und sagte: „Ihr Söhne des Aleuas[8], was meint ihr vollends dazu, daß ihr diese Stellung da verlassen seht? Ihr seid doch Nachbarn und habt immer wieder behauptet, daß die Lakedaimonier nicht aus der Schlacht fliehen, sondern die tapfersten Männer im Kampfe sind. Ihr habt doch gesehen, daß sie schon früher ihre Stellung gewechselt haben, und jetzt sehen wir sogar alle, daß sie in der vergangenen Nacht davongelaufen sind.

Und so haben sie gezeigt, als sie sich mit den unzweifelhaft tüchtigsten Menschen in der Schlacht messen mußten, daß sie sich nur in ihrer Nichtsnutzigkeit unter Hellenen, die auch nichts nütze sind, prahlerisch hervorgetan haben. Und euch, die ihr mit den Persern noch in keine nähere Berührung gekommen seid, ist von meiner Seite volle Verzeihung zuteil geworden, wenn ihr die lobtet, über die ihr sogar in gewissem Umfang im Bilde waret. Um so mehr habe ich mich aber über Artabazos gewundert, daß er eine solche Angst vor den Lakedaimoniern bekam und daß er in dieser Angst die ganz feige Ansicht vertrat, man müsse das Lager abbrechen und nach der Stadt Theben ziehen, um sich dort belagern zu lassen. Von dieser Ansicht wird der Großkönig von mir noch unterrichtet werden. Doch darüber wird ein andermal zu sprechen sein. Jetzt aber darf man jenen dies nicht einfach hingehen lassen, sondern man muß sie verfolgen, bis sie von uns eingeholt sind und für all das, was sie den Persern angetan haben, bestraft werden."

(59) Nach diesen Worten führte er die Perser im Laufschritt über den Asopos und blieb den Hellenen auf den Fersen, in der Meinung, diese wollten davonlaufen. Er hatte es aber allein auf die Lakedaimonier und Tegeaten abgesehen. Denn er konnte die Athener, die sich der Ebene zugewandt hatten, nicht sehen, da sie von dem Hügelgelände verdeckt waren. Wie aber die übrigen Führer der Abteilungen der Barbaren sahen, daß die Perser die Verfolgung der Hellenen aufgenommen hatten, gaben sie auch ihrerseits sofort das Signal zur Verfolgung und schlossen sich, was die Füße hergaben, der Verfolgung an, ohne irgendeine Ordnung einzuhalten und in Reih und Glied zu bleiben. Und so rückten sie schreiend und in einem wilden Durcheinander heran, wie wenn sie die Hellenen nur mit sich fortzuschleppen brauchten.

(60) Wie die Reiterei auf Pausanias eindrang, schickte er zu den Athenern einen berittenen Boten und ließ folgendes

sagen: „Jetzt, wo das heißeste Ringen darum geht, ob Hellas frei oder geknechtet sein soll, sind wir Lakedaimonier und ihr Athener von unseren Bundesgenossen, die in der vergangenen Nacht davongelaufen sind, im Stich gelassen. Nun also ist die Entscheidung gefallen darüber, was wir von jetzt an zu tun haben: uns mit allen verfügbaren Kräften wehren und einander beistehen. Wenn nun auf euch sich die Reiterei zuerst gestürzt hätte, so hätten sicherlich wir und die Tegeaten, die mit uns Hellas nicht verraten haben, euch helfen müssen. Jetzt aber, da die ganze Reiterei auf uns eingedrungen ist, seid ihr verpflichtet, zu der am meisten bedrängten Abteilung zu eilen und dieser zu helfen. Seid ihr aber eurerseits in eine Lage gekommen, die es euch unmöglich macht, Hilfe zu bringen, so tut uns wenigstens den Gefallen und sendet uns die Bogenschützen! Wir sind uns dabei bewußt, daß ihr im Verlauf des gegenwärtigen Krieges die größte Einsatzbereitschaft zeigt, so daß ihr auch auf diesen Hilferuf hört."

(61) Als die Athener dies hörten, waren sie entschlossen, zu Hilfe zu kommen und mit allen Kräften beizustehen. Und als sie schon auf dem Wege waren, wurden sie von den ihnen gegenüberstehenden Hellenen, die es mit dem Großkönig hielten, angegriffen und konnten daher nicht mehr Hilfe bringen. Denn dieser Angriff machte ihnen schwer zu schaffen. So blieben Lakedaimonier und Tegeaten ganz auf sich allein angewiesen. Die Lakedaimonier zählten einschließlich der Leichtbewaffneten fünfzigtausend Mann und die Tegeaten dreitausend Mann (diese trennten sich nie von den Lakedaimoniern). Sie brachten nun ein Opfer dar in Erwartung des Kampfes mit Mardonios und seinem Heer. Doch die Opfer fielen für sie nicht günstig aus, während in der Zwischenzeit eine große Zahl von ihnen fiel und noch viel mehr verwundet wurden. Denn die Perser errichteten sich mit ihren Schilden eine Brustwehr und überschütteten die Hellenen mit einem so dichten Pfeilhagel,

daß die Spartiaten schwer bedrängt wurden und Pausanias angesichts des ungünstig ausgefallenen Opfers zu dem Heraion der Plataier Ausschau hielt, um die Götter zu Hilfe zu rufen und sie zu bitten, sie doch auf keinen Fall in ihrer Hoffnung zu enttäuschen.

(62) Während er noch so um Beistand betete, erhoben sich vor allen anderen die Tegeaten und rückten gegen die Barbaren vor. Den Lakedaimoniern fiel gleich nach dem Gebet des Pausanias das Opfer günstig aus. Wie dieses nun endlich günstig ausgefallen war, rückten auch sie gegen die Perser vor, die ihre Bogen beiseite legten und ihnen entgegentraten. Zuerst entspann sich ein Kampf rings um die Schilde. Als die Brustwehr der Schilde gefallen war, kam es nunmehr zu einem heißen Kampf unmittelbar bei dem Demetrion, der sich lange hinzog, bis es endlich zum Kampf Mann gegen Mann kam. Denn die Barbaren packten die Speere der Hellenen und zerbrachen sie. An Mut und Kraft standen die Perser nicht nach. Aber sie hatten keine Schutzwaffen und dazu keine Erfahrung und waren ihren Gegnern auch nicht an Geschicklichkeit gewachsen. Sie stürmten vor und stürzten sich einzeln oder zu zehnt, in größeren oder kleineren Haufen zusammengeballt, auf die Spartiaten und wurden erschlagen.

(63) Wo nun Mardonios selber war, auf einem weißen Pferd kämpfend, inmitten der tapfersten, auserlesenen persischen „Tausend", bedrängten sie auch ihre Gegner am stärksten. Solange Mardonios am Leben war, hielten die Perser stand und töteten bei der Gegenwehr viele Lakedaimonier. Als aber Mardonios umgekommen und mit ihm seine Leibgarde, die den Kerntruppenteil bildete, gefallen war, da wandten sich nunmehr auch die anderen zur Flucht und wichen vor den Lakedaimoniern. Die größten Verluste aber erlitten sie dadurch, daß sie nicht mit einer Rüstung gewappnet waren. Denn als Leichtbewaffnete mußten sie gegen Schwerbewaffnete den Kampf durchstehen . . .

(65) Wie die Perser von den Lakedaimoniern in die Flucht geschlagen wurden, flohen sie ohne jede Ordnung in ihr Lager und hinter die hölzerne Mauer, die sie auf der Markung von Theben errichtet hatten . . .

(66—69) Flucht des Artabazos. Sieg der Athener über die persische Reiterei. Niederlage der Megarer und Phliasier durch die thebanische Reiterei.

(70—85) Eroberung des persischen Lagers, Verteilung der Beute. Bestattung des Mardonios und der bei Plataiai gefallenen Hellenen.

(86—89) Bestrafung Thebens.

(90—95) Bündnis der Samier mit den Hellenen. Aufstellung der hellenischen Flotte bei Samos und Flucht der persischen Flotte nach Mykale.

(96—105) Seeschlacht bei Mykale.

(106—107) Aufnahme der befreiten Ioner in die hellenische Bundesgenossenschaft. Rückkehr der Perser nach Sardes.

(108—113) Verhältnisse am persischen Königshof.

Die Eroberung von Sestos. Frevel und Bestrafung des Artayktes. Ein bedeutsamer Ausspruch des Königs Kyros

(114) Die Hellenen, die von Mykale in Richtung auf den Hellespont abgefahren waren, gingen zuerst bei Lekton[9] vor Anker, da sie wegen widriger Winde nicht weiterkamen. Von dort gelangten sie nach Abydos und fanden dort die Brücken abgebrochen, die sie noch in unversehrtem Zustand anzutreffen geglaubt hatten. Und dies war ja nicht zum wenigsten der Grund gewesen, weshalb sie zum Hellespont gefahren waren. Leotychides nun und seine Peloponnesier beschlossen, nach Hellas heimzufahren, der Feldherr Xanthippos aber und die Athener, dazubleiben und eine Unternehmung gegen die Chersones durchzufüh-

ren. Die einen fuhren also ab, die Athener aber gingen von Abydos auf die Chersones hinüber und belagerten Sestos[10].

(115) Dieses Sestos war die stärkste der dortigen Befestigungen. Deshalb strömte dort auf die Kunde, die Hellenen seien am Hellespont erschienen, aus der Nachbarschaft alles zusammen. Darunter kam auch aus der Stadt Kardia[11] der Perser Oiobazos, der die Bindetaue der Brücke dorthin mitgebracht hatte. Diese Stadt Sestos war bewohnt von dort einheimischen Aiolern. Es waren aber auch Perser dort und eine große Menge sonstiger Bundesgenossen.

(116) Über diesen Bezirk herrschte ein Satrap des Xerxes, namens Artayktes, ein Perser, ein gewalttätiger, frevelhafter Mensch, der sogar den Großkönig, als dieser gegen Athen zog, dadurch getäuscht hatte, daß er die Tempelschätze des Protesilaos, des Sohnes des Iphiklos[12], aus Elaius heimlich fortgeschafft hatte. Nämlich in Elaius befindet sich ein Grab des Protesilaos, umgeben von einem heiligen Bezirk. Dort lagerten viele Schätze, goldene und silberne Schalen, Erz, Gewänder und sonstige Weihgeschenke, die Artayktes mit Einverständnis des Großkönigs raubte. Er hinterging jedoch den Xerxes mit folgendem Vorbringen: „Herr! Es gibt hier das Haus eines hellenischen Mannes, der gegen dein Land zu Felde gezogen ist und dies mit dem Tode gebüßt hat. Gib mir dessen Haus, damit sich auch jedermann davor hüte, gegen dein Land ins Feld zu ziehen!" Mit diesen Worten sollte es ihm nicht schwer fallen, den Xerxes, der keine Ahnung davon hatte, was jener im Schilde führte, zu veranlassen, ihm das Haus dieses Mannes zu schenken. Daß Protesilaos gegen das Land des Großkönigs zu Feld gezogen sei, hatte er im Sinne der Perser gesagt, die glauben, daß ganz Asien ihnen gehöre und damit dem jeweiligen König. Als ihm die Schätze gegeben worden waren, brachte er sie von Elaius nach Sestos. Den heiligen Bezirk säte er an und machte ihn zum

Ackerland. Und sooft er nach Elaius kam, verkehrte er in dem Allerheiligsten mit einer Frau. Jetzt aber wurde er von den Athenern belagert, ohne daß er sich auf die Belagerung eingestellt oder die Hellenen erwartet hätte. Er hatte gar keine Vorkehrungen getroffen, wie sie nun plötzlich über ihn kamen.

(117) Als aber die Belagerung sich bis in den Spätherbst hinzog[13], wurden die Athener ungeduldig, da sie von ihrer Heimat fern waren und die Befestigung nicht erobern konnten, und baten ihre Feldherren, sie heimzuführen. Diese lehnten es ab, die Bitte zu erfüllen, bevor sie entweder die Stadt erobert hätten oder der Auftrag zur Heimkehr seitens des athenischen Staates erteilt sei. So ernst nahmen sie es mit dieser ihrer augenblicklichen Aufgabe.

(118) Die Bewohner der Stadt aber waren bereits in eine so schlimme Notlage gekommen, daß sie die Binder ihrer Lagerstätten kochten und diese aßen. Als sie aber auch dies nicht mehr hatten, da machten sich im Schutze der Nacht die Perser und Artayktes sowie Oiobazos aus dem Staube, indem sie an der Rückseite der Befestigung hinabstiegen, wo nur wenige Feinde standen. Als es Tag wurde, zeigten die Chersonesiten von den Türmen aus den Athenern an, was geschehen war, und öffneten die Tore. Die Mehrzahl der Athener machte sich auf die Verfolgung, ein Teil besetzte die Stadt.

(119) Den Oiobazos nun, der nach Thrakien geflohen war, griffen die thrakischen Apsinthier[14] auf und opferten ihn dem Pleistoros, ihrem einheimischen Gott, entsprechend ihrem Kultgebrauch. Seine Begleiter brachten sie auf andere Weise um. Artayktes und seine Leute hatten sich erst später zur Flucht aufgemacht. Sie wurden eingeholt, als sie nur eine kurze Strecke über den Ziegenfluß[15] hinausgekommen waren. Sie wehrten sich lange, und ein Teil wurde erschlagen, ein anderer lebendig gefangengenommen. Sie wurden von den Hellenen in Fesseln gelegt und nach Sestos

gebracht und mit ihnen auch Artayktes gefesselt, er selbst und sein Sohn.

(120) Einem der Wachmannschaften — so wird von den Chersonesiten erzählt — begegnete, als er sich gesalzene Fische briet, folgendes Wunderzeichen: Die Salzfische, die auf dem Feuer waren, schnellten empor und zappelten wie frisch gefangene Fische. Da lief alles herbei und stand verwundert ringsum. Wie aber Artayktes dieses Wunder sah, rief er den Mann, der die Salzfische briet, an und sagte: „Fremdling aus Athen! Keine Furcht vor diesem Wunder! Es ist ja nicht dir erschienen, vielmehr mir kündigt Protesilaos von Elaius an, daß er, wiewohl er tot und Mumie[18] ist, seitens der Götter die Macht besitzt, den, der Unrecht getan hat, zu bestrafen. Jetzt will ich ihm nun folgendes als Buße bezahlen: anstelle der Schätze, die ich aus dem Heiligtum genommen habe, will ich dem Gott hundert Talente weihen, für mich selbst aber und für meinen Sohn will ich zweihundert Talente den Athenern bezahlen, wenn sie mich am Leben lassen." Mit diesem Versprechen konnte er jedoch den Feldherrn Xanthippos nicht überreden. Denn die Elaiusier baten, ihn als Rache für Protesilaos umzubringen, und die Meinung des Feldherrn ging gleichfalls dahin. Sie führten ihn an den Strand, an dem Xerxes die Brücke gebaut hatte — einige behaupten auch, sie hätten ihn an den Hügel oberhalb der Stadt geführt —, nagelten ihn an einen Pfahl und hingen ihn auf. Seinen Sohn aber steinigten sie vor den Augen des Artayktes.

(121) Als sie dies getan hatten, fuhren sie nach Hellas ab und nahmen unter anderen Schätzen auch die Brückentaue mit, um sie in ihre Tempel zu weihen. Und in diesem Jahr fiel nichts weiter vor.

(122) Der Großvater dieses Artayktes, der aufgehängt worden war, ist Artembares, der den Persern einen Vorschlag machte, dem diese zustimmten und ihn auch dem Kyros vorlegten. Der Vorschlag besagte folgendes: „Da

Zeus[17] den Astyages gestürzt hat und die Herrschaft den Persern verleiht und unter den Männern dich, Kyros, dazu auserwählt hat, wohlan, laßt uns, da das Land, das wir besitzen, klein ist und dazu rauh, dieses verlassen und ein anderes, besseres in Besitz nehmen. Es gibt ja viele, teils benachbart, teils in weiterer Ferne. Wenn wir eines von diesen Ländern in Besitz nehmen, werden wir noch von einer größeren Zahl von Menschen bewundert werden. Es ist recht und billig, daß Männer in Herrscherstellung solches tun. Wann wird sich uns denn eine schönere Gelegenheit bieten als jetzt, da wir über viele Menschen herrschen und über ganz Asien?" Als Kyros dies hörte, äußerte er keine Verwunderung über den Vorschlag und riet ihnen, dies zu tun. Er gab ihnen aber dabei ernstlich zu bedenken, daß sie dann nicht mehr Herren, sondern Untertanen sein würden. Denn der Lauf der Welt sei gewöhnlich der, daß in weichlichen Ländern die Männer weichlich werden, und das gleiche Land vermöge nicht, wundervolle Frucht hervorzubringen und zugleich kriegstüchtige Männer. So kamen die Perser zur Einsicht, standen von ihrem Vorschlag ab und entfernten sich, von der überlegenen Klugheit des Kyros überzeugt. Sie wollten lieber in einem kümmerlichen Lande leben, als in einer fruchtbaren Ebene Aussaaten machen und dabei Knechte von anderen sein.

1. Vgl. V 100–102.
2. Über Demaratos vgl. VI 63 ff.
3. Mardonios, der Neffe des Dareios, war zugleich durch seine Heirat mit der Tochter des Dareios dessen Schwiegersohn geworden.
4. Das Herrschergeschlecht der Aleuaden hatte seinen Stammsitz in dem thessalischen Larisa, wo sie einen großen Einfluß ausübten. Sie hatten sich auf die Seite der Perser gestellt.
5. Vgl. V 62. 90–96. VI 94. 107.
6. Onomakritos lebte am Hofe des Peisistratos und seiner Söhne, wo ihm angeblich die Redaktion der homerischen Gedichte übertragen wurde. Herodot, der die Hauptquelle für sein Leben und Wirken ist, bezeichnet seine Tätigkeit als die eines Orakeldeuters. Vermutlich hatte er die Orakelsprüche, die auf der Akropolis aufbewahrt wurden, zu verwalten gehabt und zugleich die alten Weissagungen und Orakelsprüche gesammelt und geordnet, die dem Musaios zugeschrieben wurden. Inwieweit Onomakritos an der Entwicklung der orphischen Theologie Anteil hat, ist wegen der Dürftigkeit der Überlieferung nicht mehr festzustellen.
7. Lasos von Hermione, in der 58. Olympiade geboren, lebte am Hofe des Hipparch. Er war der Nebenbuhler des Dichters Simonides und galt irrtümlich auch als Lehrer Pindars. Sein Ruf erstreckte sich weit über die Grenzen des Musikalischen hinaus, so daß er manchmal unter die „Sieben Weisen" gezählt wurde. Besonders berühmt war er als Komponist von Hymnen und Dithyramben; teilweise wird er sogar als Erfinder des Dithyrambus bezeichnet, den er zuerst in die Kampfspiele eingeführt haben soll.
8. Die vulkanische Beschaffenheit des Bodens von Lemnos bewirkte öfters Erd- bzw. Seebeben, bei denen benachbarte Inseln emporgehoben wurden oder im Meer versanken. So berichtet Pausanias (VIII 33, 2) von der kleinen, Lemnos benachbarten Insel Chryse, auf der der Sage nach Philoktet von einer Schlange gebissen wurde, daß sie ins Meer versunken sei.
9. Unter Inaros hatten die Ägypter sich gegen die persische Herrschaft erhoben. Der Verlauf dieser Erhebung und das Ende des Inaros ist von Herodot III 15 berichtet.
10. Die Rede, die Herodot hier vorlegt, ist frei erfunden. Sie galt im Altertum als ein Zeichen dafür, daß die Darstellungsform Herodots die Mitte halte zwischen der erhabenen und der einfachen Stilgattung, da in ihr die Fülle des Ausdrucks mit kunstloser und doch lieblicher Einfachheit gepaart seien.
11. Der Tempel der Kybele, der bei der Eroberung von Sardes durch die Ioner in Brand gesteckt wurde (vgl. V 102).
12. Vgl. VI 94–119.

13. Das Land des Pelops bezeichnet die Peloponnes, in der das von Pelops abstammende Geschlecht der Atriden herrschte. Der Angabe Herodots, daß Pelops ein Phryger gewesen sei, liegt vermutlich noch eine alte Kunde aus der Zeit der dorischen Wanderung zugrunde, da die Dorer vor ihrer Einwanderung in die Peloponnes Nachbarn der thrakischen Stämme waren, zu denen auch die Phryger gehörten, die sich vielleicht teilweise der Wanderung angeschlossen haben.
14. Nach der Vorstellung Herodots und seiner Zeit stößt an die Grenzen der als Scheibe gedachten Erde der Himmelsraum, der sich als Hauptkugel über der Erde wölbt.
15. Das Nomadenvolk der Saker lebte im Nordosten von Baktriana, in der heutigen Kirgisensteppe. Sie waren als vortreffliche Reiter und Bogenschützen bekannt.
16. Vgl. IV 87–89.
17. Hier läßt Herodot den Artabanos nicht eine persische, sondern eine hellenische Ansicht vortragen, da man bei den Persern den für glücklich hielt, dessen Leichnam am schnellsten von Hunden oder Vögeln aufgefressen wurde. Vgl. auch I 140.
18. Vgl. I 15. IV 12.
19. Vgl. IV 1.
20. Myser und Teukrer wanderten in vorhistorischer Zeit aus Kleinasien in Thrakien ein, wo sie zum Teil die thrakischen Einwohner vertrieben, den Strymon und die makedonischen Flüsse überschritten und nach Süden bis zu dem Peneios in Thessalien vordrangen (oder zu dem anderen Peneios in der peloponnesischen Landschaft Elis?). Die von den Mysern und Teukrern vertriebenen thrakischen Stämme zogen nach Kleinasien, wo sie den Namen Bithyner annahmen.
21. Das Vorgebirge Athos (j. Santo) liegt auf der äußersten Spitze der Halbinsel Chalkidike.
22. Elaius lag an der Südspitze der thrakischen Chersones.
23. Bubares wird auch V 21 und VIII 136 erwähnt. Er war der einstige Befehlshaber des Dareios in Thrakien gewesen und mit der Tochter des Königs Amyntas I. von Makedonien verheiratet.
24. Akanthos war eine Küstenstadt auf der Ostseite der Chalkidike am Strymonischen Meerbusen.
25. Torone lag an der Westseite der Sithonischen Halbinsel.
26. Sane wird auch von Thukydides (IV 109) erwähnt. Diese von Thukydides erwähnte, auf der makedonischen Halbinsel Pallene gelegene Stadt ist nicht zu verwechseln mit der hier genannten, die auf der makedonischen Halbinsel Akte liegt.
27. Herodot dachte hier wohl an den über den Isthmus führenden „Diolkos“, einen künstlichen Fahrweg, auf dem kleinere Schiffe über Land von einem Meer zum anderen gezogen wurden. Er unterschätzte dabei die Schwierigkeiten eines solchen Weges am Athos. Ohne Zweifel war es nicht Prahlsucht, sondern die Absicht, die gefürchtete

Umschiffung um den Athos zu vermeiden, die Xerxes zu dem Kanalbau veranlaßt hat.

28. Aus dem Bast der ägyptischen bzw. syrischen Papyrusstaude (Byblos) wurden die phoinikischen Schiffstaue angefertigt.

29. Das Spartgras (leukolinon) ist eine Hanfart, die insbesondere von den Karthagern zur Herstellung ihrer Schiffstaue benützt wurde.

30. Leuke akte hieß eine Ortschaft in Thrakien an der Propontis, Chalkedon gegenüber. Tyrodiza, sonst nicht näher bekannt, gehörte zum Gebiet von Perinthos. Doriskos, Ebene und Stadt in Thrakien, lag an der westlichen Mündung des Hebros. Eion am Strymon (eine gleichnamige Stadt lag auf der Chalkidike) war eine Kolonie der Athener und Hafenstadt des späteren Amphipolis (j. Contessa).

31. Kristalla, nicht näher bekannt, lag wahrscheinlich an der von Susa nach Sardes führenden Königsstraße an einem Straßenknotenpunkt.

32. Kelainai, die alte Hauptstadt Phrygiens in der Nähe des Maiandros. Inmitten der Stadt hatte Xerxes eine Burg und am Fuße der Anhöhe einen Königspalast erbaut, von dem auch Xenophon in seiner Anabasis berichtet (I 2, 7).

33. Der Katarraktes, sonst Marsyas genannt, entspringt aus einer Felsengrotte an der Burg von Kelainai. Er hatte seinen Namen von den Wasserfällen, die er bildete.

34. Marsyas war ein phrygischer Silen und galt als der Erfinder der Flötenmusik. Er ließ sich mit Apollon, dem Meister des Saitenspiels, in einen Wettstreit ein und wurde für diese Herausforderung von Apollon bestraft. Vgl. auch Xenophon Anab. I 2, 8.

35. Vermutlich war Pythios der Sohn des unglücklichen Sohnes des Kroisos, von dem Herodot I 34 berichtet und der Atys hieß. Er wurde auf der Jagd getötet.

36. Die Platane und der Weinstock, beide aus reinem Gold verfertigt, sollen Werke des Samiers Theodoros gewesen sein, dem auch die Verfertigung des Ringes des Polykrates und des Mischkruges zugeschrieben wurde, den Kroisos dem delphischen Orakel geschenkt hatte. Vgl. III 51.

37. Anaua, südlich vom Maiandros, lag zwischen Kelainai und Kolossai, in der Nähe des heutigen Chardak, wo sich noch jetzt ein Salzsee befindet.

38. Kolossai, damals eine der bedeutendsten Städte Phrygiens (vgl Xenoph. Anab. I 2), später durch den Brief des Apostels Paulus an die Kolosser besonders bekannt geworden.

39. Kydara, eine nicht näher bekannte Stadt, lag vermutlich in der Nähe des späteren Laodikeia.

40. Näheres darüber berichtet Herodot IX 120.

41. Die hier berichtete Sonnenfinsternis fiel auf den 17. Febr. 478 und ist offenbar von Herodot bzw. seiner Quelle irrtümlich auf den zwei Jahre früher liegenden Zug des Xerxes verlegt worden.

42. Der Sonnenaufgang war für die Perser die heilige Stunde, da sie den Sonnengott Mithra als eine ihrer höchsten Gottheiten verehrten.
43. Das Sarpedonische Vorgebirge (j. Cap Paxi) liegt am äußersten Westrand des Melas-Busens, gegenüber der Insel Imbros.
44. Das Grab der Helle lag nicht weit von Paktye an der Propontis. Hier soll Helle auf der Flucht vor ihrer Stiefmutter Ino nach Kolchis sich ins Meer gestürzt haben.
45. Kardia war eine Kolonie von Milet an der Nordwestseite der Chersones am Melas Kolpos.
46. Agora lag in der Nähe der Mündung des Melas zwischen Kardia und Paktye.
47. Ainos war eine aiolische Kolonie und lag in der Nähe der Hebros-Mündung an der Südküste Thrakiens (j. Enos).
48. Die Kikonen wohnten noch in troischer Zeit an der thrakischen Südküste um die Mündungen des Hebros herum.
49. Ein Plethron betrug rund 31 m.
50. Über Demaratos vgl. VI 61–70
51. Die makedonische Landschaft Pieria erstreckte sich entlang dem Thermaischen Meerbusen. In ihr lagen die Städte Pydna, Methone, Dion.
52. Das Megaron ist die Zelle, in der sich das Bild der Gottheit befand. In dem Megaron (bzw. Adyton) des delphischen Tempels stand eine goldene Bildsäule des Apollon, und im Hintergrund über einer Erdspalte, aus der ein betäubender Dampf aufstieg, war der Dreifuß der Pythia. Die üblichen heiligen Handlungen bestanden in der Reinigung und in Opfern.
53. Die Bezeichnung „syrisch" ist gleichbedeutend mit „assyrisch". Assyrische Streitwagen wurden von den persischen Königen benützt.
54. Der Berg des Kekrops ist die athenische Akropolis, wo sich das Grab des mythischen Heros Kekrops befand.
55. Der Kithairon ist das bewaldete Grenzgebirge Boiotiens gegen Attika und Megaris.
56. Gemeint ist Athena, die Schutzgöttin Athens, die „am Triton Geborene". Triton hieß ein Waldbach in Boiotien, der in den Kopaissee mündete, wo auch der älteste Kultort der Athene war.
57. Themistokles war schon im Jahre 493 Archon gewesen und hatte seinen Plan, Athen zu einer Seemacht umzugestalten, durch den Ausbau des Peiraieus durchzuführen begonnen. Seit Aristeides, sein politischer Gegner, verbannt worden war (482), stand er als Stratege an der Spitze des Staates.
58. Die Silberbergwerke lagen an der Südspitze von Attika. Ihre Ergiebigkeit erreichte zur Zeit des Themistokles einen Höhepunkt. Doch waren sie bald ausgeschöpft und waren zur Zeit Strabons (um den Beginn der christlichen Zeitrechnung) nicht mehr in Betrieb. Die Bergwerke waren verpachtet, und der Pachtertrag wurde unter die

Bürger verteilt, bis durch Themistokles das Geld für den Flottenbau verwendet wurde.

59. Mit dem Sammelplatz ist der Isthmus gemeint.
60. Vgl. VI 87 ff.
61. Über Gelon vgl. VII 154.
62. Kerkyra ist das heutige Korfu.
63. Halus lag am Fuße des Othrys. Vgl. VII 197.
64. Die Führung des Heeres lag in älterer Zeit in den Händen eines der beiden Könige, dem der Polemarch als der Befehlshaber einer der sechs Abteilungen des Gesamtheeres untergeordnet war.
65. Alexandros suchte später als Mittelsmann des Mardonios die Athener zu einem Bündnis mit den Persern zu gewinnen. Vgl. VIII 136. 140.
66. Gonnos, eine thessalische Stadt der Perrhaiber, lag am Peneios am westlichen Zugang zum Tempetal.
67. Einwohner von Trachis, einer Stadt im südlichen Thessalien am Oita, nicht weit vom Malischen Meerbusen.
68. Artemision ist das nördliche Vorgebirge und zugleich der Küstenstrich von Euboia mit einem Artemis-Tempel.
69. Chytroi bedeutet „Kochtöpfe". Die warmen Bäder wurden durch mehrere, noch heute am Fuß der Bergwand hervorsprudelnde Quellen gespeist, deren heißes Wasser in ein Bassin geleitet wird. Dieses fließt dann in das Sumpfgebiet des Spercheios ab. Schon im Altertum wurden diese dem Herakles geweihten Quellen, dem hier auch ein Altar errichtet war, als Bäder benutzt. Herakles selbst genoß in der dortigen Gegend besondere Verehrung, weil er sich nach dem Mythos auf dem Oita einen Scheiterhaufen errichtet und sich verbrannt hatte.
70. Die Thessaler waren aus dem südwestlichen Epirus – nördlich von dem Ambrakischen Meerbusen – in das nach ihnen benannte Thessalien gezogen und hatten die dort seßhaften Aioler teils nach Mittelgriechenland vertrieben, teils unterworfen.
71. In dem Meerbusen (Golf von Lamia) ist Ebbe und Flut zum Unterschied von den übrigen Mittelmeerküsten stark und regelmäßig.
72. An den nordwestlichen Abhängen des Oita, der die südliche Grenze von Malis bildet, erheben sich steil über der Küstenebene die nach der nahen Stadt Trachis genannten „Trachinischen Felsen".
73. Die Stelle, wo der Phoinix in den Asopos mündete, bildete einen ähnlichen Engpaß wie der fünfzehn Stadien weiter westlich liegende Thermopylenpaß. An beiden Engen lief der Weg zwischen dem Fuß der Felsen und dem sumpfigen Meeresstrand hin und war so schmal, daß nur ein Wagen fahren konnte.
74. In dem dortigen Bundesheiligtum, einem Tempel der Demeter und einem Heiligtum des Heros Amphiktyon, versammelten sich die Abgeordneten im Frühling und Herbst jedes Jahres.
75. Das opuntische Lokris (mit der Stadt Opus) war eine Landschaft am

Malischen Meerbusen gegenüber von Euboia. Die opuntischen Lokrer hatten zuerst Xerxes Erde und Wasser geschickt, sich aber dann auf Aufforderung des Leonidas und der bei den Thermopylen versammelten Hellenen an dem Abwehrkampf beteiligt.

76. Phokis ist eine Landschaft am Parnassos, westlich von Boiotien, mit dem Orakelort Delphi.

77. Die „Dreihundert" stellten im Kriege die Leibgarde des Königs und Heerführers dar und waren wohl aus den vornehmsten Spartiatenfamilien ausgelesen. Leonidas nahm nur solche Spartiaten mit, die im Falle ihres Todes Söhne hinterließen, wodurch der Fortbestand der Familie gewährleistet war.

78. Während des neuntägigen Festes der Karneen, das dem Apollon Karneios zu Ehren gefeiert wurde, war es den Spartiaten verboten, in den Krieg zu ziehen. Die alle vier Jahre stattfindende olympische Festfeier fiel etwa in die gleiche Zeit wie die Karneen (Aug./Sept.).

79. Pylagoroi hießen die Vertreter der zwölf Gemeinden, die zu den delphischen (pythischen) Amphiktyonen gehörten. Das gemeinschaftliche Hauptheiligtum war der Tempel des delphischen Apollon. Ein zweites gemeinschaftliches Heiligtum lag in der Nähe von Pylai (Thermopylai), das der Göttin Demeter geweiht war, bei Anthela. Pylagoroi bedeutet „die sich bei Pylai Versammelnden". Die Versammlungen fanden regelmäßig zweimal im Jahre statt, in Delphoi und Thermopylai. Bei diesen Versammlungen fanden sich nicht nur die offiziellen Vertreter, sondern auch Festbesucher aus allen Teilen Griechenlands ein, weil gleichzeitig Märkte und Festlichkeiten stattfanden. Dabei kam es auch vor, daß die Pylagoren eine allgemeine Versammlung sämtlicher zu dem amphiktyonischen Bund gehörigen Anwesenden einberiefen, um dieser die von der Bundesversammlung gefaßten Beschlüsse bekanntzugeben.

80. Antikyra, Stadt der Malier, am Spercheios gelegen, nordwestlich von Thermopylai, war die Heimat des Ephialtes.

81. Anopaia (jetzt Munopati) bedeutet vermutlich „der nach oben führende Pfad".

82. Melampygos („der mit dem schwarzen Steiß") Lithos war ein Stein mit der Form des menschlichen Gesäßes.

83. Die Kerkopen sind im Mythos neckische Dämonen, die meist mit der Heraklessage verbunden sind. Sie überfielen am Ausgang des Thermopylenpasses an der engsten Stelle den Herakles im Schlaf, beraubten ihn seiner Waffen und griffen ihn mit diesen an. Herakles aber packte sie und hing sie an einem Tragbalken über seine Schultern. Da hörte er, wie sie sich hinter seinem Rücken über ihn lustig machten, und auf Befragen gestanden sie, daß sie von ihrer Mutter vor dem „Melampygos" gewarnt worden seien und ihn eben von hinten erkannt hätten. Durch die lustige Art, wie sie dies erzählten, geriet nun Herakles in eine so gute Laune, daß er sie wieder laufen ließ.

84. Melampos war ein berühmter griechischer Seher der mythischen Vorzeit. Vgl. II 49.
85. Offenbar hat Herodot die Namen auf einer Inschrift gelesen. Noch Pausanias (um 115–180 n. Chr.) berichtet (III 14, 1), daß er die Namen der Thermopylenkämpfer auf einer Säule in Sparta gelesen habe, die im Jahre 440 errichtet worden sei, als die Spartaner die Gebeine des Leonidas von Thermopylai holten und in Sparta beisetzten.
86. Schiller:
„Wanderer, kommst du nach Sparta, verkündige dorten, du habest
Uns hier liegen gesehn, wie das Gesetz es befahl."
87. Nach altgriechischer Satzung war es heilige Pflicht, jedem zu erlauben, sich von dem Herd eines Mitbürgers Feuer zu holen. Die Verweigerung dieses Rechtes war eine Form der Ehrlosigkeit, die aber noch keinen Ausschluß aus der Gemeinschaft bedeutete.
88. Dies war sonst nur bei Sklaven üblich.
89. Dies geschah im Frühjahr 431, worüber Thukydides (II 2) Näheres berichtet: Dreihundert thebanische Aristokraten drangen unter Führung des Eurymachos bei Nacht in Plataiai ein, das damals mit Athen verbündet war, um mit Hilfe der oligarchischen Partei in Plataiai die Stadt wieder zum Anschluß an den boiotischen Bund zu bringen. Die Überrumpelung mißlang, und ein Teil der Eingedrungenen wurde von den Plataiern hingerichtet.
90. Insel und Stadt vor dem lakonischen Meerbusen, nahe dem Vorgebirge Malea, an der Südspitze der Peloponnes.
91. Chilon wurde unter die „Sieben Weisen" gerechnet. (Vgl. I 59.)

ANMERKUNGEN ZU BUCH VIII

1. Zur Sache vgl. VII 145. 153. 157.
2. Sie hatten geglaubt, daß die Flotte der Perser in dem Sturm am Vorgebirge Sepias zum größten Teil vernichtet worden sei und keine Kampfkraft mehr habe. Vgl. VII 188 ff.
3. Nämlich zur Verteilung an die Feldherren. Anscheinend hat Herodot bei diesem Bericht die spätere Anklageschrift gegen Themistokles vorgelegen.
4. Hier liegt eine sprichwörtliche Redensart vor, die eine vollständige Niederlage zum Ausdruck bringen soll. Der „Feuerträger" trug die am Altar des Zeus angezündete Fackel dem Heere voraus und bewahrte sie vor dem Erlöschen. Er galt so gewissermaßen als heilige Person. Wenn sie getötet war bzw. von dem Feind keine Schonung gefunden hatte, fand überhaupt niemand Schonung.

5. Sie fuhren also nördlich über die Insel Skiathos (nördlich von Euboia) hinaus, als wollten sie den Thermaischen Meerbusen hinauffahren.
6. Kaphareus und Geraistos sind Vorgebirge an der Südostküste von Euboia (j. Cap Doro und Cap Mandili). Die zweihundert Schiffe sollten sich also im Euripos an der schmalsten Stelle zwischen Eretria und dem Festland postieren, um der griechischen Flotte den Rückzug abzuschneiden.
7. Also rund 15 km, was als Schwimmleistung denkbar wäre, aber nicht unter Wasser.
8. Der Hauptteil der griechischen Flotte lag bei Aphetai. Als die Griechen während des Tages nicht angegriffen wurden, faßten sie wieder Mut und beschlossen, ihrerseits die persische Flotte anzugreifen.
9. Vgl. VI 12, wo Herodot Näheres über diese Taktik der „Durchfahrt" berichtet. Diese bestand darin, daß ein Schiff in voller Fahrt zwischen zwei feindlichen hindurchfuhr und deren Ruder abzubrechen suchte. Dagegen schützte man sich durch die „Kreisstellung" der Schiffe (s. c. 11).
10. Es handelt sich um die Stadt Salamis an der Ostküste von Cypern, die von Teukros erbaut worden sein soll. Vgl. V 104. VII 98.
11. Koila war die Bezeichnung des westlichen tiefeingebogenen Küstenstriches von Euboia, der sich von Kap Geraistos bis Eretria erstreckte. Dieser Küstenstrich war wegen der steilabfallenden Ufer und der vielen Klippen für die Schiffahrt besonders gefährlich.
12. Bakis aus Boiotien gehört zu den mythischen Sehern, wie Orpheus, Musaios und Melampos, die als Verfasser und Sammler von Weissagungen und Orakelsprüchen ausgegeben wurden.
13. Bewohner der gebirgigen Küstenlandschaft Karien im südwestlichen Kleinasien. Die Karer waren als Söldner wegen ihrer Treulosigkeit berüchtigt.
14. Histiaia (später Oreos), Stadt im nördlichen Euboia.
15. Dies war offenbar eine Folge der Blockade, die durch die persische Flotte durchgeführt wurde, um die Getreideeinfuhr aus dem Pontusgebiet zu sperren.
16. Die olympischen Spiele dauerten fünf Tage und zerfielen in Wettläufe, Fünfkampf, Ring- und Faustkämpfe, Wettkämpfe der Jugend und schließlich in Pferde- und Wagenrennen.
17. Athene war ursprünglich eine einheimische Schlangengöttin, wie solche in dem kretisch-minoischen Kult verehrt wurden. Sie wurde anscheinend von der achaischen Bevölkerung übernommen und später im hellenischen Sinne umgestaltet.
18. Der zu Troizen (im südöstlichen Argolis) gehörige Hafen (jetzt Reede von Poros) war wegen seiner geschützten Lage und seines weiten Raumes als Sammelplatz besonders geeignet.

19. Kalliades war Archon eponymos. Nach diesem wurde von den Athenern das jeweilige Jahr benannt.
20. Die Schatzmeister des Heiligtums der Athene bildeten ein Kollegium von zehn Personen. Sie beaufsichtigten die Tempelschätze und verwalteten zugleich den Staatsschatz, der im Parthenon-Tempel aufbewahrt war.
21. Der Areios Pagos (Areshügel) lag der Nordwestseite der Akropolis gegenüber. Auf ihm tagte der oberste Gerichtshof der Athener.
22. Aglauros war ursprünglich ein Beiname der Athene, wurde aber dann im Mythos als selbständige Erscheinung losgelöst und zu einer der drei Töchter des Königs Kekrops (zusammen mit Pandrosa und Herse) umgestaltet.
23. Nach der athenischen Überlieferung habe Poseidon durch den Stoß seines Dreizacks auf der Akropolis eine salzige Quelle hervorsprudeln lassen, während Athene dort den ersten Ölbaum wachsen ließ. Bei dem Wettstreit zwischen Poseidon und Athene soll Athene mit dem Ölbaum den Sieg davongetragen haben und deshalb von dem König Kekrops sowie von den Göttern als die echte Landesgottheit anerkannt worden sein.
24. Siris in Lukanien war eine uralte griechische Kolonie, die von Ionern aus Kolophon gegründet war. Um 432 wurde sie ihrer ungesunden Lage wegen von ihren Bewohnern verlassen und bildete fortan den Hafenplatz für Heraklea, das in ihrer Nähe von Tarent aus gegründet wurde.
25. Der Weg war nach dem Räuber Skiron genannt, der ihn angeblich angelegt hatte, um von da aus die Wanderer ins Meer zu stürzen. Er soll von Theseus getötet worden sein. Der abschüssige Weg führte von Megara über die Geraneia an steil abstürzenden Berghängen vorbei zum Isthmus.
26. Die kleine Insel (jetzt Lipsokutali) liegt in der Nähe des Vorgebirges Kynosura (Ostspitze von Salamis).
27. Keos ist nicht näher bekannt.
28. Munichia. Halbinsel mit Hafen und Stadt zwischen dem Peiraieus und Phaleron.
29. Aristeides hatte als einer der zehn Strategen bei Marathon mitgekämpft. Das Volk hat ihn mit dem Beinamen „der Gerechte" geehrt und ihm das Amt des Archon Eponymos übertragen. Jedoch war es Themistokles, der sein politischer Gegner war, gelungen, 483/82 seine Verbannung durch das Scherbengericht (Ostrakismus) zu erwirken. Kurz vor der Schlacht bei Salamis war Aristeides auf Betreiben des Themistokles zurückberufen worden, wie uns Plutarch berichtet. Hier hat Herodot in freier Weise ausgestaltet.
30. Tenos ist eine der Kykladeninseln zwischen Andros und Delos.
31. Pallene war einer der hundert attischen Demen nordöstlich von Athen zwischen Pentelikon und Hymettos.

32. Die Aiakiden, die Nachkommen des Aiakos, des Sohnes des Zeus, der auf Aigina König gewesen war, und der Nymphe Aigina, galten als die Stammesheroen von Aigina. Man erbat sich deren Bilder als Hilfe in dem bevorstehenden Kampf.
33. Der Tempel befand sich auf dem südlichen Vorsprung der Insel Salamis. In dem Monat Skirophorion (Juni/Juli) wurde der Athene zu Ehren das Fest der Skirophorien gefeiert, bei dem die Priesterschaft der Athene, des Poseidon und des Helios unter einem Schirm (griechisch „Skiron") zu dem Heiligtum an der Küste zog, um dort Schutz für die Felder gegen die Sonenenhitze zu erflehen.
34. Themistokles wurde zuerst durch das Scherbengericht 471/70 verbannt und begab sich nach Argos. Daraufhin wurde er wegen verräterischer Beziehungen zu dem Perserkönig erneut angeklagt und geächtet. Er begab sich zu dem Großkönig Artaxerxes, der ihn mit der Herrschaft über Magnesia belehnte.
35. Vgl. I 67.
36. Aphidnai war einer der attischen Demen in der Nähe des Grenzortes Dekeleia.
37. Belbina (jetzt St. Georgio), eine kleine Insel südlich von Attika, sprichwörtlich für eine unbedeutende Sache.

ANMERKUNGEN ZU BUCH IX

1. Die Fürsten von Thessalien, wie die Aleuaden in Larisa oder die Skopaden in Krannon, standen auf der Seite der Perser. Vgl. VI 127. VII 6.
2. Die günstige Lage prägte sich besonders darin aus, daß man die Straße von Boiotien nach Attika und die über Megara zum Isthmus beherrschte.
3. Die erste Einnahme von Athen durch Xerxes fand im September 480 statt. Daher muß die zweite durch Mardonios in den Juli 479 gefallen sein.
4. Das Hyakinthien-Fest dauerte drei Tage. Es hatte ein doppeltes Gesicht, da sich bei ihm ein ursprünglicher bodenständiger Totenkult mit dem des Apollon verbunden hatte. Nach dem Mythos soll Apollon den Jüngling Hyakinthos mit dem Diskos versehentlich getötet haben, dem denn auch der erste Festtag mit ernstem Hintergrund gewidmet war, während der zweite Tag mit festlichen Aufzügen, Chorgesängen und Reigentänzen dem Apollon geweiht war. Im Hintergrund steht ein Wiederauferstehungsfest im Kreislauf der Natur, ein Kult, der der einheimischen Bevölkerung eigen war.
5. Die Thriasische Ebene war nach dem attischen Demos Thrias, östlich von Eleusis, genannt.

6. Stadt im südlichen Arkadien, am Alpheios-Fluß, an der südwestlichen Grenze des Gebietes von Tegea.
7. Perioken waren die von den Spartiaten unterworfenen vordorischen Bewohner des Landes genannt, die Abgaben entrichten mußten und zugleich zu Kriegsdienst verpflichtet waren.
8. Siehe Anm. 1. Auf Aleuas, einen Abkömmling des Herakles, führte das einflußreiche thessalische Fürstengeschlecht der Aleuaden seinen Ursprung zurück.
9. Lekton, die Südwestspitze von Troas (jetzt Cap Baba) gegenüber der Nordküste von Lesbos.
10. Sestos, Stadt auf der thrakischen Chersones, am Hellespont gegenüber von Abydos.
11. Kardia war eine Koloniegründung von Milet und lag an der Nordwestküste des thrakischen Bosporus am Melas Kolpos.
12. Protesilaos war einer der Helden, die mit in den Krieg gegen Troia zogen. Er fiel als erster bei der Landung. In Elaius zeigte man sein Grabmal und hatte ihm einen Heroenkult geweiht und einen Tempel errichtet, in dem sich offenbar als einem vielbesuchten Wallfahrtsort viele Weihgeschenke befanden.
13. Die Kriegsführung wurde in der Regel mit Herbstbeginn eingestellt.
14. Der thrakische Volksstamm der Apsinthier (vgl. VI 34) wohnte in der nördlichen Chersones bei der Stadt Ainos.
15. Aigospotamoi, ein unbedeutender Fluß auf der thrakischen Chersones, an dem 405 die Athener von den Spartanern unter Lysandros besiegt wurden.
16. Das griechische Wort „tarichos“ heißt sowohl „Salzfisch“ wie „Mumie“.
17. Unter Zeus ist der persische Hauptgott Ahuramazda zu verstehen.

INHALT

SIEBENTES BUCH 3

Erneute Rüstungen des Dareios gegen Hellas 3 – Unterwerfung Ägyptens. Xerxes berät sich mit Mardonios und Artabanos 6 – Der Aufbruch des persischen Heeres 18 – Der Zug von Sardes nach Abydos 22 – Heerschau in Abydos und Wettkampf der Schiffe. Die Unterredung des Xerxes mit Artabanos und seine Ansprache an das Heer. Der Übergang über den Hellespont 24 – Zählung des Heeres. Zug vom Hellespont nach Doriskos 31 – Musterung des Heeres und der Flotte. Gespräch mit Demaratos 32 – Wie die Hellenen die Gesandten des Xerxes aufnehmen. Verhalten Athens und Spartas 36 – Verdienst der Athener um Hellas 39 – Die Hellenen schicken ein Hilfsheer nach Thessalien und besetzen den Tempepaß 45 – Verteidigungsplan der Hellenen. Thermopylai und Artemision 47 – Die Kämpfe um Termopylai 52 – Befragung des Demaratos durch Xerxes 64

ACHTES BUCH 68

Die Kämpfe bei Artemision 68 – Die Flotte der Hellenen bei Salamis 79 – Kriegsrat der hellenischen Feldherren bei Salamis 81 – Die Einnahme Athens durch die Perser 82 – Kriegsrat der Hellenen 84 – Die List des Themistokles 89 – Die Seeschlacht bei Salamis 92 – Die Botschaft des Themistokles an Xerxes durch Sikinnos 99 – Siegerehrung. Themistokles in Sparta 101

NEUNTES BUCH 103

Zweiter Einfall der Perser in Attika 103 – Schlacht bei Plataiai 108 – Die Eroberung von Sestos. Frevel und Bestrafung des Artayktes. Ein bedeutsamer Ausspruch des Königs Kyros 112

Anmerkungen 117